スナック・
ファンタジー

佐山 啓郎
Sayama keiro

郁朋社

スナック・ファンタジー

スナック・ファンタジー／目次

装丁／宮田麻希

（その一）夜の街で

「秋桜《こすもす》」という名のそのスナック店は、新宿駅を出て十五分ほど歩くと行き着く。明治通りからちょっとはずれたあたり、普通の人家の並ぶ路地に面した小さなビルの一階で、ひっそりした感じの目立たない店だ。

共同ビルの同じ一階で隣に何かの事務所があるが、夕方になれば黒いドアが閉まって静かなものである。スナックの方は、店名を書いた小型の四角い看板が狭い道路の上に突き出たようになっているが、昼の明るさがある間はほとんど目に付かない。やがて薄闇の時刻になって看板に点灯されると、「秋桜」という筆書きの書体の文字が赤く浮き出て、狭い路地に何となく妖しい雰囲気を漂わせもするのである。

その小さなビルの前は道路までのわずかなスペースが荒いコンクリート張りのままになっていて、終戦直後の焼け跡にできた場末の歓楽街の名残を微かに留めているようでもあった。

作田俊夫《さくたとしお》が初めてその店を訪ねた秋のある日、新宿の地下道から明治通りへ出たらひどい雨になっていた。

仲間が集まる目安になっている時刻の六時は、既に過ぎていた。店の位置を都区内地図で確かめて近道が分かるつもりでいたから、俊夫は折り畳みの傘を開いてすぐに歩き出した。そして大通りから小さな小売店などの並んだ道へ入って探したが、なかなかそのスナックに行き当たらない。夜の闇が濃くなってきた上に雨はますます土砂降りで、傘を持つ手も濡れてきた。細い路地に入ると新宿の街とは思えない暗く沈んだ空気に包まれたりして、少々心細くなってきた。

ふと立ち止まった俊夫が顔を上げると、前からやって来た男もこちらを見ていた。闇の中に相手の顔が白く浮かんで見える。

「あれっ、石野じゃないか」

俊夫が思わず叫んで近づくと、

「なんだ、作田じゃないか」

相手も叫んだ。

紛れもない石野幸一《いしのゆきかず》である。この前会ったのは三年ぐらい前だという記憶が俊夫にはあったが、まさかこんなところで出くわすとは思わなかった。

「なんでこんなところを今ごろ歩いているんだい」

思わず俊夫が言うと、

「なんでって……」

石野は口ごもって、

「コスモスっていう店が、なんでもこの辺にあるって聞いたもんだから……」

「コスモス？　なんだ石野も行くのか」

「なんだ、そうか、一緒か」

石野は急ににやにやして肩を並べてきた。

「そっちもやっぱり越野から聞いたの？」

「いや、俺は大北に誘われたんだよ」

俊夫が言うと石野は笑い出して、

「みんな行ってみたくなったんだな」

先月の末にあった同期会で、俊夫は大北功二《おおきたこうじ》にその話を聞いた。石野はその同期会に欠席していて、俊夫は久しぶりに会った大北としばらく会話をした。

「小栗さんがママをやっているスナックがあるっていうぜ。行ってみないか？」

話が途切れたとき大北がそう切り出したのだ。彼の話では、最近、偶然のきっかけもあって、高校同期の何人かがそのスナック店で旧交を温める集まりを持つようになり、来月もその会をやるのだと言うのである。

「高校のときのクラスが何だって関係ないさ。小栗冴子《おぐりさえこ》を覚えてない奴はいないだろう」

気後れしたような顔をした俊夫を見て、大北が笑った。彼は俊夫が当然同意するものと決めていたらしく、その場で手帳のページを割いて簡単な地図を書いた。

「ここだよ。コスモスっていうスナックだよ」

そう言って丸い印を書き黒く塗りつぶして見せた。俊夫はスナックに足を運ぶような経験も乏しいだけに、小栗冴子がスナックのママだと聞いても想像も付かない気がしたのだが、家に帰って何日かして大北の話を思い出し、急に興味が湧いてきた。その店で会えそうなかつての同級生連中のことを思うとわくわくした気分にもなってきた。

小栗冴子。その名を思い浮かべた俊夫の頭の中に、四十年以上前の高校の廊下の光景が浮かんだのだ。木造校舎の廊下を軽い足音をたてて向こうから歩いてきた小栗冴子の白い顔が、俊夫にまっすぐな視線を注いでいた。俊夫がそれを感じて落ち着かない気持ちで進んでいくと、二メートルぐらいの距離になってから彼女はさっと目を逸らし、そのまま澄まして俊夫の横を通り過ぎていった。

それだけのショットだが、不思議なほど鮮明に思い浮かび、俊夫は自分でも驚いた。卒業して以来四十何年かの間、一度だって彼はそんなふうに小栗冴子のことを思い出して考えたことはないはずだった。第一、俊夫は高校在学中に彼女とはずっとクラスが別で、口をきいたこともなかった。ただ、男子生徒間の噂話に登場する女子生徒として小栗冴子の名を覚え、それが誰であるかも早くから知ってはいたのだ。

激しい雨は一向に弱まらず、俊夫も石野もズボンが腰のあたりまで濡れてきた。雨に煙る狭い路地をいつまでも歩き回っていると頭まで混乱してきそうで、とうとう、もう一度大通りに出てから道を確かめてみようということになった。

「なんでこんな分かりにくいところに店を出したんだよ。土砂降りの雨だっていうのによ、まったく……」

石野は口をとがらせて泣き出しそうな声をあげた。その言い方も声も四十年以上前の高校時代を彷彿とさせるような気がして、俊夫はなんだか急に愉快になってきた。

頭の中の地図を頼りにもう一度幅の狭いアスファルトの道に入ったとき、俊夫は思わず「あっ」と声をあげた。目の前の闇の中に「秋桜」という赤い文字が浮かんでいたのだ。すでに一度その道を通っていたのに、その小さな看板にはまるで気付かなかった。

「なんだ、漢字のコスモスか……」

俊夫は呻いて立ち止まった。彼はただ漠然と、片仮名か横文字の店名を思い浮かべて探していたのだ。

「先生ならすぐに分かると思うぜ」

同期会で話を聞いたとき大北がつぶやいていたのを、彼は思い出した。俊夫が高校で国語を教える教師をしていたので、大北がからかったのに違いない、と彼はようやく気が付いて、思わず舌打ちをした。

「ここにあったのか。もっと分かりやすい看板にしてくれよなあ」

文句を言いながら石野が入り口の分厚いドアを押した。

中に入ると、小さな傘立ての先にもう一つガラス張りの重いドアがあって、店内は外気から遮断された別世界のような趣きがある。左手にカウンターがあり、右側の方に臙脂《えんじ》色のソファーでテーブルを囲んだコーナーが二カ所あって、二十人ぐらいは楽に入れそうな店内の広さだった。

その入って正面のコーナーに、すでに五、六人の老けた顔の男たちが陣取っていて、コップに注いだビールを飲んでいた。他に客はいない。

テーブルにはサラダやサンドイッチを盛った皿が並べられ、ピーナッツやポテトチップのようなスナック菓子もあった。

「おお、作田が来た」

大北がソファーにいて俊夫に向かって手をあげ、頭髪の薄くなった四角い顔をにんまりさせた。

隣で関沢芳伸《せきざわよしのぶ》の眼鏡をかけた丸い顔がしきりにうなずいている。他にもしばらくぶりに会う顔がこちらを向いて笑っている。

「どうだい、ここ、分かり易かったかい？」

大北が言うので、俊夫も、

「この通り、すごい雨ですっかり濡れたよ。しかし、なかなか洒落た看板だな」

と少し意地を張って言った。

「石野です、しばらく……」

皆の視線を受けた石野幸一が軽く頭を下げて言った。

「やあ、石野か……」

「しばらくだなあ」

何人かが口々に言った。

同期会を欠席した石野には、今夜のこの席で卒業以来初めて会う者もいるのに違いない。俊夫はそう思いながら、大北の脇の空いたソファーに腰を下ろした。石野も彼に並んで座った。

カウンターの向こう側にいた小栗冴子が出てきて、二人におしぼりを手渡した。

「いらっしゃいませ。しばらくです」

高校時代からそのまま抜け出してきたかと思うような美しい白い顔が、石野と俊夫を交互に見た。

「あ、これはどうも……」

俊夫はおしぼりを受け取って、すぐ頬のあたりをぬぐった。

小栗冴子がまたカウンターの向こうに戻っていく。女性にしては長身で、すらりとした体つきのなだらかな曲線がゆったりと動いていく後ろ姿に、俊夫は思わず目を奪われた。

その時隣で石野が、

「いやあ、こんなふうに小栗さんに会えるなんてねえ。作田は小栗さんと同じクラスになったことがないそうだけど、俺はクラスが一緒だったから、よく覚えているよ。きれいだったからなあ。しかし今でも変わらないねえ、小栗さんは」

「あらそうかしら」

カウンターの向こうに立って冴子ママが一応照れてみせると、

「こら、今ごろ何を売り込んでいるんだ、お前は」

「酒を飲みにきたんだと言うんなら、許してやらんでもないぞ」

たちまち周囲から冷やかされて石野は頭を掻いた。

俊夫と石野のコップにもビールが注がれ、皆口々に何か言いながら挨拶代わりの乾杯をした。それぞれに少年時代のきりっとした顔に年輪を加えて、膨らんだりたるんだり、色変わりしたりした顔つきを見合わせて、無理にでも笑いを浮かべて見せる。ちょっとバツの悪いような瞬間だった。

そのとき俊夫は、石野の顔を明るいライトの中で間近に見、数年前に比べると大分痩せたのではないかと思った。すると何となく周囲の視線に気付いたのか、石野は、

「二年前に心臓弁膜症になってね、手術もした。死に損なったような感じだったよ。そのときは参ったけど、いや、もういいんだ。すっかりよくなったんだ」

と話し、ビールのコップに口を付けて飲んで見せた。なるほど顔色はいいようだと俊夫は思った。

「そうか、まあ無理はするなよ」

関沢が言うと、他の者も心配げな顔で石野を見た。

「ああ。大丈夫だ。自分で気を付けてるから」

と石野は平気を強調する。

「それで今、君は薬を飲んではいるのかい？」

奥の席から声をかけたのは香取安久《かとりやすひさ》だ。今でも営業の現役だと言う彼は四十年間製薬会社一筋で、あと十年は仕事を続けると豪語する。

「そうなんだ、薬を一応、持ち歩いてはいるんだ。何しろ身障者並みみたいでね」

そう言って石野がわざとらしく大きな口を開けて笑うと、香取が言った。

「そうか、頑張ってくれよ。他の病気にならないように気を付けてな……」

次いで俊夫に皆の視線が向けられた。彼は教員を定年退職してから嘱託となり、依然として教師稼業だと話したが、そんなことを言っても皆さほど興味を持たない。

「今の身分なら授業に専心できるからいいが、このごろは飽きが来たというか、疲れを覚えることが多いよ。早く教師稼業から離れたいという気もしてくる」

と思わず本音を言うと、薄笑いを浮かべてうなずく者が多かった。

「俺たちも、もうとっくに還暦を過ぎたわけだからな。そろそろこういう集まりに気を向けるのも悪くないと思うよ」

ソファーにゆったり身を委ねていた越野弘昭《こしのひろあき》が言った。彼は飲食店のチェーン店を束ねた会社を持って商事会社社長の肩書きもあるが、なかなか世話好きな一面もあって、関沢と二人で高校同期の集まりの世話役を買って出たのだった。

カウンターの奥にいた冴子ママが振り向いて、

「歳のことは、あまり言わないことにしましょうよ」

と、にっこりしてみせると、

「小栗さんはそれでいいけれども……」

関沢が、ソファーから太り気味の体を起こして言った。彼は最近しきりと自分の体型の変化を気にしているのだ。皆くすくす笑い出した。

「なあ、俺たちはもう、何か始めようとしても、そうはいかなくなってくるよ、無理は利かないしなあ。このごろは女房と、歳の話ばかりみたいな感じだよ」

そう言う関沢は、高校のときのクラスメートを恋人に得て妻にしているという、かつては仲間を大いに羨ましがらせた存在だ。今の彼は小売りのスーパー店を持ち、その跡目を近々息子に譲るので、いずれ「左うちわ」なのだという評判だった。

「歳の話になれば、わたしなんかだって同じですよ。小栗さんだって、永遠にそのままという訳じゃないでしょうし……」

隅の方で太田賢治《おおたけんじ》が、眼鏡を光らせてわざと皮肉めいた言い方をした。定年まで商事会社の営業マンをやり通したという太田はいつも冷静な目をしているが、丁寧体でしゃべるのが癖になっていて、ときに辛辣なことを言っても憎めない味がある。

「お前はすぐそういうことを言うな」

関沢が太田に向かって大げさに拳を振り上げて見せた。向こうの方で冴子ママの屈託なげな笑い声がした。

そのとき、何かの気配で冴子ママが急にカウンターから出てきて、部屋のドアを開けに行った。皆一斉に入口の方に目を向けた。

現れたのは、小柄で眼鏡を光らせた松崎隆《まつざきたかし》である。彼は茶色の紙で包んだ大きな荷物を大事そうに運び込んで、脇の方の空いていたテーブルの上に置いた。

「おお、松崎、絵が完成したのか」

香取が叫んで立ち上がった。松崎は皆に向かって軽く会釈して気さくな調子で言った。

「やあどうも……。一昨日完成したんだけどね。さっき小栗さんに電話したらみんな来てるって言うから、持ってきた。タクシーでな……」

「どうも済みません。大変だったでしょう」

冴子ママがしきりと恐縮している。俊夫は訳が分からず、石野と顔を見合わせた。

「いやいや。これしきのこと、慣れたもんさ」

松崎が気軽に言い、早速荷物を開け始めたので、皆席を立ってぞろぞろとそちらのテーブルへ見に行った。

出てきたのは丈が七、八十センチはあろうかと思われる大きな油絵で、地味な装飾の額に入っている。

そこに描かれていたのは、濃淡のあるくすんだブルーをバックにして、白い顔に透き通るような光をたたえた目をして、静かな笑みを浮かべている女性の像――。俊夫にも一目で、それが小栗冴子の肖像画であることが分かる。

絵は見易いようにカウンターの前に立て掛けられて、天井のライトの淡い光を浴びていた。皆それを囲んで立って溜息をつき、口々に褒めた。

冴子ママは皆が席に戻るのを見届けると、松崎に向かって頭を下げ、礼を言っていた。元のテーブルに戻ると、冴子ママも加わって皆でまた乾杯をした。松崎はいかにも気分好さそうにコップを傾けてはビールを飲んだ。

「どこで描いたんだか気になるなあ」

大北が言ったので松崎が笑って、

「ここだよ。ここで下絵を描かせてもらったんだ」

すると冴子ママが付け加えた。

「わたしが松崎さんに頼んで描いてもらったんです」

「お陰で、一生懸命描かせてもらいました」

松崎が言い、上気した顔でしきりとビールをあおった。

「松崎はそれで、来年やる予定とかいう展覧会の方は大丈夫なのかい？　忘れちゃったりして……」

関沢がからかって言うと、松崎は照れ隠しのように頭を掻いた。

「大丈夫、忘れちゃいないよ。いよいよとなれば徹夜も辞さずさ」

松崎は会社重役を定年退職後、余生をもっぱら絵を描くことに注ぐつもりなのだ。

「俺も、松崎に絵を描いてもらうように頼もうと思ってるんだけどな……」

越野が本気とも冗談ともとれる顔をして言い出した。

「越野社長の肖像画ですか?」

すぐに太田がまじめな顔をして聞き返したので、皆が思わず笑った。すると、それまで煙草ばかり吹かしていた角井久則《かどいひさのり》が体を乗り出してきて言った。

「いやあ、越野が本当に描いてもらいたいのは、彼が心に思う人さ。さっき、俺たちも還暦だからとか言ってたが、こう見えて彼も、いまだ現役の社長ではあっても、年を取るにつけて悩みはあるんだよ。それじゃ今日は一つ、越野社長の告白でも聞こうじゃないか」

角井がわざとらしく勢い込んだ顔で言うので、

「なに、そっちだって社長じゃないか。自分のことを話したらどうだい」

と越野も笑いながら言い返し、ソファーの背もたれに寄り掛かって、形よく波打った白髪交じりの髪をしきりと手で撫でつけた。

「俺も一応社長となっているが、同じ社長でも実際はえらい違いだぜ」

角井は太鼓腹のように突き出した自分の腹を撫でながら、へらへら笑って言う。彼は自動車修理の大きな工場を持ち、その傍ら街の若者を集めて野球チームを作ったりもしているが、今日は、海外への進出も企てる商事会社を持つ越野を冷やかし、何か言わせようとしているらしい。

「腹の出方だけが全てじゃないという訳ですね。わたしなんか出したくても腹は出てきませんけどね」

太田が口を出し、また皆笑った。

「俺だって社長には違いないんだからな……。まあ、いろいろあるわな」

関沢はさほど出てはいない腹をちょっともの足りなそうに撫でて見せ、皆を笑わせた。

「歳のことは言わないつもりでいても、どうしても自分の歳を考えちゃうことはあるよ」

一呼吸置いて越野が言った。彼は関沢に向かってわざとらしくにやにやと笑いかけたが、その言い方に嫌みはなく、むしろ妙にしみじみとしたものがあった。

「越野は最近もよく外国に行くのか？　もちろん社用だろうけどさ」

大北が冷やかし半分のように笑いながら尋ねた。大北自身は家電会社の重役を長くやって、外国滞在の経験も豊富である。

答えようとして何か言いかけた越野より先に、角井が、

「そりゃあ行く行く。越野なんかは始終タイとかフィリピンとか、東南アジア方面へ目まぐるしく行ってるさ」

と大げさな手振りを交えて言い、急ににやりとして、

「そうでなくても、こっちで何人女を泣かせたことか。それで悩んでるってんだから、どうでもいいんだけど、たまにはこういうときに、彼の告白も聞いてやらなくちゃいけないんじゃないかと思ってな」

角井は一人でしゃべって悦に入っている。

「何を言うか。そっちはどうなんだ」

越野はそう言いつつも楽しげに笑って、特に反論しようともしない。

「俺は若いのを相手にして、日夜奮闘努力しているだけだよ。もちろん男の若いのだよ」

角井は日焼けした顔を光らせて言い、さらに笑いを誘った。

俊夫はただ皆に合わせて笑いながら話を聞いていた。彼としてはどこまで本当のことが話されているのか分からない感じで、生徒を相手にしている教員とは別世界の会話である

ような気もした。

その点では、彼の隣にいる石野も似通った感じだった。石野は親から受け継いだ自営の燃料商で、近所づきあいを大事にして慎ましく暮らしている感じだ。石野は地元の神社に奉納するお囃子《はやし》の会に加わっていて、そこで笛を吹いているのが彼の唯一の趣味であった。

そのときまた、ガラスのドアが開いて、木藤則男《きとうのりお》と武川誠二《むかわせいじ》が一緒に入ってきた。

「駅からこっちへ来る途中で出会ったんだ」

と武川が言った。眉毛の太かった昔の顔が年輪を重ねていっそう大柄になった感じだ。

二人はすぐにカウンターの前に立て掛けてある絵に気が付いた。松崎の作であることを知ると、木藤は驚いて感心しながらその絵を眺めていた。武川はすでにその絵について事情を知るらしく、松崎のところへ来て、

「卒業以来のお前の絵を、初めて見せてもらったよ」

と言って肩をぽんと叩いた。

木藤は手に提げていた紙袋のものをカウンターの上に置き、皆の方へ向き直ると、

「中東の方にいる友だちに教えてもらって、ためしに作った鳥の料理です。出来具合は不

明ですが、皆さんで食べてみてください」

歓声があがり、また一段と賑やかになった。木藤は長らく中東方面に勤めを持って単身赴任で暮らしていたし、武川は会社の関係でアメリカに知人が多いと言うので、それからは外国での生活や外国旅行の話題にしばらく花が咲いた。

その間に、冴子ママは松崎から贈られた絵を手早くもとの紙に包んでカウンターの陰に運んでいった。それから彼女は皆のテーブルの方に回ってきて、木藤の持参した鳥料理を皿に分けて配り、それ以外にもマリネ風の料理の皿をテーブルに配置した。それが終わると彼女はカウンターに近い席に腰を下ろし、ようやく同期生たちの話に加わった。そうして彼女は、皆の様子を見ながら音もなく不意と席を立ち、焼酎水割りのお代わりを作る世話を欠かさなかった。

「外国といえばねえ」

と石野が自分の出番を待っていたかのように話し出した。

「この俺も四年ぐらい前に一度だけ、ポルトガルとスペインに行ったことがあるよ」

「お前が？　どうせ小金を貯めて遊びに行ったんだろう」

「女房はどうした？　連れていったのか」

角井と関沢が口々に言った。

「いや、女房は行かない。お囃子の会で、向こうの招きを受けて行ったんだ。向こうではお囃子の演奏を三回か、四回やったと思う」

石野は得意げになって話した。

「文化交流か、なるほど、そりゃあいい」

武川が感心して言った。

俊夫は、石野がヨーロッパの国々でどんな旅行をしてきたのか興味があった。彼自身は教員仲間数人で中国へ一度、万里の長城と黄河を見に行ったことがあるだけだが、まったくの個人旅行だった。彼には外国旅行をもう一回、次は北欧へ行ってみたいという夢があった。それで彼は石野に聞いてみた。

「ポルトガルなんていうところへ十何日も行っていて、毎日不便は感じなかったのか」

「言葉は何も分からないんだが、向こうではみんなお囃子を珍しがって、よく俺たちの世話をしてくれたし、不便なんてほとんど何もなくて、いろいろ案内もしてもらって、結構おもしろかったよ」

石野はいっそう得意げになって話した。

「それに味を占めて、また行きたくなるんじゃないのか。安く行けるんだろうしなあ」

向こうから香取が言うと、

「そうなんだけど……。それが、なかなかそうはいかないんだ」

と石野は恐縮したような顔をして、頭を掻いて言った。

「家の仕事が手詰まりで楽じゃないんだ。それにこの歳だし、女房が心配するから……」

石野は笑いながら言うが、年を取るに従って意外に深刻な悩みも控えているかも知れないのだ。皆石野に向かってうなずき、同情して笑いを浮かべつつ、それで何となく外国行きの話は終わりになった。

バブル景気に沸いた日本経済の発展は萎み、今や小さな自営業者にもしわ寄せをもたらしている――。そんな方向に話が行くのは皆ちょっと苦手なのだ。座に沈んだ空気が流れそうでもあった。

「そういえば俺たちの年金も、だんだん怪しくなってきた」

「俺たちのころは景気よかったが、これから先はあまりいいことないな」

「もう何年か、持ってくれればいいんだがな……」

思わず口々に漏れる言葉も、冗談というよりは溜息混じりのつぶやきに聞こえる。

「ちょっと失礼」

そのとき俊夫の耳元で柔らかな声がして、冴子ママのしなやかな手が俊夫のグラスを掴んだ。それから彼女のもう一方の手が伸びてきて、テーブルの水のこぼれた跡を布巾でぬぐった。

「ありがとう」

俊夫は、彼女のきれいに化粧をした白い横顔から目を逸らし、低い声で礼を言った。

そのとき彼は、彼女の横顔に、ふとその年齢を思わせる影のような何かを、見たような気がしていた。彼は、別に驚くに値しないと思うように努めたが、妙にどぎまぎしている自分を感じないわけにはいかなかった。

カウンター側の席に戻った冴子ママは、落ち着いた仕草で俊夫のグラスに焼酎を注ぎ氷を加えて水割りを作った。越野も角井も関沢も、皆それぞれに、ちらちらと彼女の手元に目をやったりしながら自分たちの会話を続けようとした。

やがて冴子ママは、俊夫のグラスを手に持って立ち上がった。俊夫の隣で大北がグラスを手に取って残りの焼酎を飲んだ。お代わりをしたいのだろう。彼女は俊夫の前にグラスを置くと、そのますっと白い手を伸ばして、大北のグラスを取って戻っていった。

席に座ると冴子ママは背筋を伸ばして正面を見た。

やや薄いライトの中で小栗冴子の顔が白く浮かんで見えた。それは松崎隆の描いた肖像画を思わせて、澄んだ美しさを感じさせるのに十分だった。

しばらくして石野が立ち上がった。

「今日はこの辺で失礼させてもらうよ、悪いけど……」

彼は皆に向かって丁寧に頭を下げた。時間は八時を大きく回ったころだった。

「またこの次やるときは知らせるから来てくれよ」

関沢が言った。

「気を付けて……。大丈夫かい？」

俊夫が言った。石野がうなずいて軽く手を振った。

「女房に心配かけないように、大事にな」

奥の席で香取も言った。

「分かった、分かった。どうもありがとう」

何度も言いながら冴子ママに送られて、石野がドアの向こうへ出ていった。

その後も焼酎の杯の数が進んで、会話が乱れてきた。そのうちに関沢と角井が立って、カラオケを始める用意をし出した。中央にモニターテレビやマイクを運び出してセットするのだ。香取と松崎は分厚いカラオケコード一覧を手に取って、何か言い合いながらしきりとページを繰っている。

それを横目で見ながら太田がそそくさと帰り支度を始めた。そしてカウンターのところへ行って、冴子ママに家が遠いのでと小声で言うのが聞こえた。俊夫が顔を上げると、太田が関沢に送られて出ていくのが見えた。

マイクを持った松崎が得意の演歌を歌うと、香取が琉球民謡を歌い、マイクが次々と回り始めた。ようやくアルコールの回ってきたらしい武川が、石野の帰ったあとの席に来て俊夫に話しかけてきた。

「おい、作田、お前、まじめに教員をやってるか？」

「なんだ、いきなり……」

「なんだじゃないよ。教員がちゃんと仕事しないから若い者がしっかり育たんのだぞ」

大分前の同期会で武川と会ったときにも同じような議論を吹きかけられた、と俊夫は思い出した。武川は化学工業の会社で重役にもなったが、退職した今でも、太い眉の下の大きな目で威嚇するように相手を見る感じは少しも変わらない。

高校のころも武川は折々俊夫に話しかけてきたが、俊夫が生真面目に言い返すと武川は悠然と受け流すような雰囲気があった。それが数十年の世過ぎを経た今では、武川も年相応の頑固さを身に付けて譲らないから、俊夫は閉口しそうになる。

「生徒に国歌をちゃんと歌わせるなんていうことが、なんできちんとできないんだ。どこの学校もそうだ。価値観なんてものはだな、教えられて初めて身に付くものなんだぞ。若い者が自分で価値を考えるなんて、できる訳がないぞ」

「国歌を歌わせないなんて言ってない。気持ちよく歌える国歌ならみんな歌うさ。俺たちの考えていることは、正しいことは何かを考えて、それをちゃんと言える人間を育てることなんだ。それが第一なんだ」

「だからお前は馬鹿だって言うんだ。教員がそんなことをいつまでも言ってるから、しまりのない人間ばかり育っちまうんだ」

そう言われると、酒の勢いもあるから俊夫もつい向きになってきて、組合のパンフレットにでもありそうな語句まで使って言い募ったから、武川も負けてはいない。その顔は脂ぎって頬も鼻もてかてかと輝いてくるから、俊夫も歳を忘れた気になって言い返した。

二人が額を付き合わせるような格好で議論に熱中しているのをよそに、狭い店内に割れんばかりの音響でカラオケの競演が続く。大抵は何年も前の演歌だ。

「おい、武川、そろそろ歌にしろよ。切りのない議論はやめだ、やめだ」

そばへやって来た角井が、武川の肩を叩いて言った。

「よし、分かった……。俺の次にお前も歌え」

武川はリモコンを受け取って、俊夫を誘った。

俊夫はソファーに背を持たれて、すぐに歌えそうな演歌はないかと思い巡らした。それはすぐに思いつきそうでなかなか出てこない。そうしているうちにも頭が茫然としてきそうだった。

ふと見ると、いつの間にか大北の姿が消えていた。俊夫は、そう言えば肩を叩かれて振り返ったとき大北が何やら合図していたと思い出した。相変わらず去り際の素早い男だと思った。

武川が立ち上がり、ゆっくりとモニターのある中央へ出ていった。俊夫が、マイクを持って立った武川を横から見たとき、その姿が思いのほかひょろりとしているように見えた。この前の同期会の時にはそうでもなかったと思い、ふと、この男も景気任せの世の中を働き通しに働き続けてようやく老境に至ったということなのか、と妙な感慨に浸った。

そんな思いを振り払い、疲れを覚える自分を奮い立たせるように、俊夫はリモコンのボタンを指で押した。

一曲歌って席に戻ると、俊夫は途端にうつらうつらし始めた。冴子ママが越野と並んでデュエット曲を歌うのを、夢うつつの中で聞いた。

「さあ、大分歌も歌った。そろそろお開きにしよう」

関沢が言ったとき、時計は夜中の十一時になろうとしていた。

集めた会費を関沢と越野が冴子ママに渡して何やら話を付け、ドアから出てきたとき、先に外に出ていた面々は、皆疲れ果てたようになってふらふらと店の前にたむろしていた。

「どうもありがとうございました。皆さん気を付けて帰ってくださいね」

関沢の後から出てきた冴子ママの明るい声が、再び皆を目覚めさせた。

雨はすっかり止んでいて爽やかな風が吹き、空を仰ぐと薄雲のかかった向こうに小さな月の影も見える。
六、七人でぞろぞろと固まって歩き出すと、また何やかやと会話が絶えない。店にいたときの雰囲気そのままのように、つい大きな声も出る。

前の方を歩きながら武川が松崎に、しきりと絵のことを聞いている。そのうちに松崎が一段と声を張り上げて言い出した。

「絵は正直だ。絵は誤魔化せないんだ。誤魔化してただ格好よく描いても、それは絵にならないんだよ」

車のライトの行き交う大通りに出ると、広い歩道を一塊りになって歩いた。

俊夫の前にいた角井がつぶやくように言った。

「ああ思い出すなあ。自転車で五日市街道を学校まで通ったんだ。越野ともよくあの道で出会って、一緒に行ったよな」

その少し前を行く越野がすぐに振り返って答えた。

「ああよく出会った。あれからもう四十年以上過ぎたんだ。お前とは、悪縁続きか何か知らないが、あれから後も割合よく会うなあ」

「どういうわけか、一年に一回か二回は必ず会うんだ。仕事は違うんだがな」

角井はいかにも不思議そうに言う。

「ほう、そんなふうに会えるなんて、羨ましいな」

と言ったのは木藤だった。

「僕なんかは、この前の同期会が初めてで、それまではほとんど、高校の同級生など無縁でしたからね」

「外国で暮らしたりしてたんじゃ、しょうがないやね。これからはせいぜい、小栗さんの店で会おうよ。暇もあるだろうしな」

木藤の脇で関沢が言うと、

「関沢君にそう言ってもらえるのはうれしいね。僕は会社の仕事のため外国暮らしが多くて、まったく高校卒業以来、こんなふうに親しく口をきいたことはなかったからね」

本当に感動したのか、木藤の声がいくらかうわずっていた。

懐かしい高校時代。そんな言い方が頭に浮かび、年甲斐もなく涙ぐみたくなるような一瞬が流れ、それから大した脈絡もなく、卒業後どうなったという誰彼の噂話が単発的に幾つか続いた。その度に誰かが大げさに驚き、別の誰かが嘆いて見せ、また別の誰かの吐息の音がする。歩く歩幅も一様で、ときどき起こる笑い声も一つになって聞こえる。

「新宿のこの辺りは、大学のときにデモ行進でよく来たんだ」

不意にそう言う声があがった。後方にいた俊夫には、それが武川の声のように聞こえた。

ああ、来た来た、そうだ、あのころは毎日夢中だった、と皆口々につぶやきつつ、交差点に来て立ち止まって、車のライトに埋まった広い道路の向こうの淀んだ闇に目をやった。

「アンポ、ハンタイ、キシヲ、タオセ……」

デモ行進の雄叫び、シュプレヒコールの渦巻く声が、夜のビルの間でこだまするのが聞こえてくるようだった。

「今思えば、あれはまさに青春そのものだったんだな……」

また、誰かが言った。

しかしそれには誰も答えないまま、何となく重い沈黙が流れた。それはまるで、反抗も雄叫びもすっかり封印して働き続けてきた者のみが知る胸底の呻きが、微かながら漏れ出てくるのを、そっとこらえる時間であったかも知れない。

交差点の信号が変わり、皆俯きながらゆっくりした足取りで歩き出した。互いの顔を見合わすと、各々しわ深く疲れた顔が、揺れ動くヘッドライトを浴びて鈍く光っていた。

交差点を渡ったところで、いくつかに別れてそれぞれの帰路に就くことになった。

「俺たちは、いい時代に生きてきたんだよ、そう思っていいんじゃないか……」

また誰かがそんなふうにつぶやいた。それに答えるでもなく苦い笑いの声を残して、互いに手を振って別れるのだった。

（その二）思い出の歌

六十の歳になるまでスナックなどまるで縁のなかったような作田俊夫だが、高校同期生の美人がママをやっているからと誘われて以来、一カ月に一度ぐらいの割でそのスナック「秋桜」に出かけて行くようになった。彼が夜のとばりの降りるのを待ってそこに出かけて行きさえすれば、高校時代の「高嶺の花」が必ずそこにいて、言葉を交わすことさえ容易なのであった。これは彼にしてみれば不思議な出来事と言ってもよかった。

「例のごとく、何となく集って飲みます」

関沢芳伸か、あるいは越野弘昭からそんな主旨のメールが届くので、そこに記された日時を見て出かけて行った。大抵火曜日で、一週間の中でスナックの客が少なそうな曜日を選び、できるだけ店内を独占した状態で賑やかにやろうというのだ。仲間は皆高校同期の連中で、定年も過ぎて暇になる一方だからというわけで、集まる曜日を決めるのにさして気を遣う必要もない。それでも人数が十人を超えることはほとんどなく、吉野と関沢以外のメンバーは出たり出なかったりを繰り返した。

ママの小栗冴子は言葉数こそ少なかったが、薄いライトの中に浮かぶ彼女の整った白い顔は、それだけで十分存在感があった。皆、話の合間や水割りのお代わりの度に彼女の動きを敏感に感じ取り、その姿に目をやることを忘れなかった。

話題はといえば、毎回、テレビや新聞のニュースから雑誌の記事、各々の仕事や私生活に至るまで、談論風発で遠慮のない会話が渦巻く。向き合って高校時代の顔に戻ってしまえば、酒の勢いも加わってつい本音が表に出る。それぞれ長く職業人として生き抜いてきた経験があり、喜怒哀楽を込めた言葉も遠慮なく交わされるから、それらを互いに味わう心も働き、飾らぬ言葉の中に自ずと同情やいたわりも吹き込まれる。話し疲れればあとは大抵カラオケ会に及んで、歌い古された演歌の繰り返し熱唱となる。

還暦を過ぎてやがて七十の歳が近づくようになれば、互いに老境に至りつつあることは隠しようもなく、病気や性欲減退の話はひっきりなしに出てきた。中でも前立腺ガン体験者は増えたようで、うっぷん晴らしのようにおもしろおかしく手術治療の体験など語るに任せるから、大病の経験に乏しい俊夫などはいろいろと「事前知識」を吹き込まれる羽目になる。そんな話は聞くに堪えぬとは言わないまでも、冴子ママがついと立ってカウンターの向こうに行っているようなことも度々あった。

普段店では自分の身の上話などあまり話そうとしない冴子ママだったが、一度、彼女が自分の老いた母親のことを話したことがあった。老境に近づきつつも一方で老いた親を抱える状態は、年齢が同じだけに皆似通っていたから、その種の話題も度々出るわけで、そうした中で彼女もつい本心をのぞかせたくなったのだろう。

彼女の悩みは、母親が九十歳になり体も神経もひどく弱ってきたので、そろそろ適当な老人施設に入れる他はなさそうだ、というのであった。このスナックをやめるわけにはいかない以上、マンション五階の部屋に母親を一人で置いて出てくるのは心配だという。

それでなくとも身につまされるような話なので、かつての同級生小栗冴子の身の上話となれば尚更で、代わる代わるに自宅で老いた親を介護する苦労や、親を老人施設に入れた経験について話が出た。俊夫も、アルツハイマー病の診断を受けた老母を老人施設に入れ、更にそれから三年余り経って老人専門病院に入院させるまでの苦労を話し、老人施設は不足がちだから早めに手を打っておいた方がよいと言った。

皆彼女に同情しきっていたし、同時に、自分たち自身も老いゆく身であることを思わないわけにいかず、暗い不安がそこはかとなく押し上げてくるようだった。現に実施されている介護制度が頼りになるという実感は、まだ誰にもないらしかった。その日も最後はカラオケの濁声《だみごえ》に紛らして散会となったが、いつもより歌った数は少なく、店を出てからも何となくしんみりした気分が消えなかった。

それ以後、その種の老人問題の話題は、それとなく避ける雰囲気になった。確かに話すべきことは出尽くした感もあったし、いくら話してもよい結論が出る話でもないのだ。冴子ママは以前と少しも変わらず、顔にはいつも柔らかな笑みをたたえて皆に接していた。店にやって来る高校同期の面々も、焼酎の水割りを飲んで話題から話題を追ってしゃべり続け、そして最後には演歌にうつつを抜かして散会となる。そんなふうにして、月一回の「秋桜の会」は途絶えることなく続いた。

その年も季節は春になろうとしていた。俊夫の家の小さな庭でも、一本だけある梅の薄赤い小さな花が春の息吹を伝えている。

だがそのような季節の始まりが、空しい繰り返しに過ぎないように思われることがあるのだ。廊下に立ってガラス越しに庭を眺めていたとき、彼はふと、老境に入って夫と死に別れたあとの母親が、

「この歳になると、春になっても、もううれしいと思わなくなったよ」

と言っていたのを思い出した。

その老母の気持ちが分かるような気がしている自分に気が付いて、俊夫は驚いた。自分もそういう心境に近づいたのかと思った。

実際、長く入院していた老母が病院で死んで以後、一人暮らしのわびしさが日ごとに定着していくようであった。一日に二、三時間、自伝的な題材で小説の類を書き、合間にいろいろな本や雑誌を読むが、それ以外にさしたる日々の変化もない。「秋桜」の集まりには付き合っても、その他の同窓会などには自分の都合もあって出ないことが多い。

正月には娘夫婦が十歳になる孫を連れて訪ねてきたが、それも、義理を果たしたという感じでさっさと帰ってゆく娘婿の姿を見ると、かえって後の寂しさが増したものだ。

正月に受け取る年賀状も年ごとに数が減っていくのは致し方ないにしても、何にしろ気力体力の衰えを感じるにつけて、自分の人生にも終わりが近づいていることを否応なく意

識させられるのはやはり寂しいことであり、いささかの慚愧の念の湧くことにも堪えねばならない。

その年の年賀状も、俊夫はさしたる感慨もなく手に取って見たのだが、実はその中に、一枚だけ気に掛かったのがあったのである。年が明けて二カ月余り過ぎたころになって、不意に彼はそのことを思い出した。

年賀状の差出人は勝岡徹《かつおかとおる》で、やはり高校同期の男だ。中学と高校を彼と同じ学校で過ごした俊夫には、気心の知れた親友の一人と言ってよい男でもあった。勝岡は大手の建設会社を定年退職してから、妻と二人きりの毎日になって、文字通りの悠々自適なのだろうと俊夫は思った。

その勝岡の年賀状の隅の方に、

「中田さんの店に先日行ってみました。今度一緒にどう？」

と添え書きがしてあったのだ。その誘いに、俊夫が多少とも心を動かされたのは間違いない。だがすぐに勝岡に電話をするほどの気にもならず、そのままにしてあった。

中田峰子《なかたみねこ》は勝岡とともに、高校で俊夫と同じクラスであったことがある。その峰子が六本木でスナック店をやっているということを知ったのは、十年ほど前の同期会のときだった。五十代半ばに達した峰子は割合地味な服装でその同期会に現れたが、髪の形を念入りに整えてきたのはすぐ分かった。彼女は話の合間にそれとなく自分の名刺を配っていた。名刺には「みね子」という名があり、「シンジー」という店の名と電話番号が記されてあった。俊夫もその派手な色刷りの名刺をもらい、彼女とそれこそ三十年ぶりくらいの会話をし、互いの近況などについて数分間話したが、そのときは峰子が大分かけ離れた世界の人になったという印象だけが強かった。

高校のころの峰子は小柄で痩せていた。笑うと頬に大きなえくぼの浮かぶ彼女の顔を、俊夫はありありと思い出すことができる。それに反して五十代になった峰子は、厚化粧の痕も見えるふっくらした顔つきで、えくぼもそれほど目立たない感じだった。

俊夫はその後彼女に会う機会がなく、六十を過ぎてから行なわれた同期会にも峰子は出席しなかった。その同期会の席で俊夫は勝岡から、中田さんの店も客が少なくなってきたようだということを聞いた覚えがある。勝岡は以前からときどき峰子の店に行くことがあったらしい。

だが俊夫はその同じ同期会で、久しぶりに顔を合わせた大北功二から小栗冴子の店「秋桜」の話を聞き、その話の方に気を引かれていたのだった。

勝岡も当然ながらスナック「秋桜」のことを知っていて、俊夫が行くようになる前に二、三度行ったこともあるようなのだが、彼は、あそこはすぐカラオケになるからよくない、などと言って行かなくなったらしい。

勝岡の年賀状を取り出してみた俊夫は、中田峰子がママをしているというスナックに行ってみたいという気がしてきた。自分の人生の中で曖昧なままになっている思い出を蘇らせてみるのも、悪いことではない。そんな思いに駆られ、そのチャンスが今やって来たのだと思った。「秋桜」に出かけて行くのとは少し違う気持ちが、「シンジー」に対して動いている自分を感じていた。

早速勝岡徹の自宅に電話をしてみると、

「そのうちに作田から電話が来るんじゃないかとは思っていたが、忘れたころにようやく来たなあ」

と、勝岡は電話口で笑った。

他にも何人か電話して誘ってみようということになり、俊夫は大北功二と石野幸一にも電話をした。石野は以前に心臓病の手術をしたことがあったが、今年の年賀状には「体の調子もよいので春には夫婦で旅行をする予定」などと書いてあったことを、俊夫は思い出していた。

電話口に出た石野は勢い込んでこう言った。

「中田峰子のスナックだって？　本当かい、もちろん俺も行くよ」

「奥さんに聞いてみなくていいのかい？」

俊夫がからかうように言うと、石野は、

「ああ大丈夫だ。俺もこのごろ暇をもてあましてね、誰かまたそういう誘いをしてくれないかと思っていたところなんだ」

と元気そうな声を響かせた。燃料商を営む石野の家は、最近商売の規模を縮小し内容を変えたので、以前と違って暇ができたのも確からしい。

ところが当日、渋谷駅で六時に待ち合わせて大北を含めた三人で一緒に行こうとしたら、暇だと言った石野がなかなか現れない。六時を過ぎてから俊夫の携帯電話が鳴って、時間をうっかりしていて少し遅れるから先に行っていてほしい、と石野の声が言った。

仕方なく石野に、六本木の交差点から外苑東通りを少し行った路地だとスナック「シンジー」の場所を教えて、俊夫は大北と二人で先に行った。

スナック「シンジー」は、六本木の賑やかな通りからちょっとずれたような場所にあった。店内に入ると左側にカウンターがあって、右側は床が一段下がって隅をぐるりとソファーが囲み、真ん中に長四角の小テーブルが二つ置かれていた。新宿の「秋桜」よりは狭い感じで、様々な色ガラスを通して放たれるライトが店内に魅惑的な雰囲気を出している。

出迎えた中田峰子の顔を見たとき、俊夫は小さな衝撃を受けた。十年前に見たふっくらした感じはなくなって、頬の肉の落ちた痩せた顔に戻ったように見えたからだ。

しかし実際の峰子ママは溌剌としていて元気そうで、声は少しも昔と変わらない感じさえした。

勝岡はすでに来ていて、やはりかつて同級であった吉野《よしの》和弘《かずひろ》、高津正《こうづただし》らと三人でソファに収まっていた。俊夫と大北功二を見ると、三人は親しげに手を上げて迎えた。彼らの前のテーブルにはビールの注がれたコップが置かれていた。

吉野は長く同窓会の幹事を引き受けている男で、同期会の世話役にもなっていた。高津も同級生だが俊夫と大北は彼と久しぶりの顔合わせだった。

「石野があとから来ると思う」

ソファーに腰を下ろして俊夫が誰にともなく言った。

「石野さんも来てくれるの？　そう、懐かしいわ。そんなに大勢来てくれるとは思わなかったもの」

中田峰子は感激の面持ちで、皆のコップにビールを注いだ。それで自然に高校のころの思い出話が始まり、まったく久し振りの顔合わせであるにもかかわらず、かつて同級生であったという事実が一気に気安さを増してゆくのだった。

じきにビールをやめて焼酎の水割りに移った。ママの峰子は真ん中に置かれた小さな丸椅子に座り、話の相手もしながらときどき立って、用意しておいた料理を運んだり、飲みものの世話をしたりした。

三十分ほどして、俊夫はまだ姿を見せない石野のことが気がかりになってきた。

そのとき電話が鳴った。峰子ママがすぐに立って受話器を取った。

「はい、そうです。シンジーですけど……。石野さん？」

峰子が急に声を上げた。

「どうかしたのか、あいつ……」

大北が俊夫と顔を見合わせて言った。大病後にいささか衰弱した石野の様子を知っていただけに、気になるのだ。皆が峰子の応答に耳を傾けた。

「今どこにいるの？　……そう、じゃ戻って六本木に出て、……交差点よ、大丈夫？」

峰子の顔に笑みの浮かぶのが見えた。

「石野さん、道を間違えたんですってよ」

峰子は席に戻りながら言い、おかしそうに口を押さえて、

「あの人、昔とちっとも変わらない感じね」

峰子がそう言うのを聞くと、俊夫は黙っている訳にもいかなくなった。

「石野は二年ぐらい前に大病をして、心臓の手術をしたんだそうだ。この前会ったときはちょっと痩せていたようだった。でも今はもう大分元気になったようだ」

「そう……」

峰子は少し表情を硬くした。

しばらくしてまた電話が来た。石野はすぐ近くまで来ているのだが、もう夜になったから道がよく見えないなどと峰子に言っているらしい。

「なに言ってるのよ、早く来なさい。皆待ってるわよ」

峰子は石野に道の目印を教え、笑いながら電話を切った。

ようやく「シンジー」にたどり着いた石野は、ドアを開けて入るなり、大声で言った。

「いやあ参った。夜の六本木なんて苦手だ、懲り懲りだ。俳優座は分かっているつもりだったんだが、行けども行けどもなくてね、そうしたらその道が外苑東通りなんだが方向が逆なんだってさ。そんなの知らないもの、俺は……」

「何よ、もう酔っ払ってるの、石野さん」

峰子が軽口を言って迎え、石野をソファーの席に促した。彼の頬に縦に刻まれた深い皺が、室内灯の光でいっそう際立って見えた。昔丸かった顔が随分細長くなったようだ。

問われるままに石野は、大病をやったあとの経験談を手振り身振りを入れて話し出した。だが、ビールの酔いが回ったにしても、石野が殊更自分の元気さを印象づけようとしているように、俊夫には思われた。

とはあれ、石野が加わって一段と賑やかになった。往時の雰囲気を思い出して話に夢中になりながらも、薄明かりの中でふと相手の年寄りじみた顔に気付いたりもするが、そんなことはすぐに忘れて、昔の気分の再現に気を合わせようとするばかりだ。

初めのうちはいくらか取り繕っていた峰子も、気安い雰囲気に乗ってよくしゃべった。華やかな笑みを浮かべて皆の話を盛り上げつつ、客への気配りも忘れない。それは俊夫の記憶にある、控えめで貧相な感じさえした少女からは想像できない、大人の女の生き生きとした顔だった。昔と変わらないのは両頰の小さなえくぼだけかも知れない。

今目の前にその峰子のえくぼを浮かべた顔を見ながら、俊夫は、何十年も前のころに彼女の家を訪ねたときの場面を思い出していた。

それは高校二年生のときに違いなく、そのころ俊夫の親しくなった仲間の中に峰子がいたのだった。

ある日二、三人の友だちと一緒に峰子の家を訪ねた。何が目的だったかはっきりしないが、俊夫には、そのとき先に立って峰子の家の古びた格子のガラス戸をノックした記憶がある。峰子はすぐに出てきたが、後ろ手で玄関のガラス戸を閉め、俊夫たちを中に入れようとしなかった。

「今ちょっと、駄目なの……」

そう言って彼女は硬い表情の上に、困ったような薄い笑みを浮かべた。代わる代わる何か話しかけてみても簡単な返事をするだけで、頑なな姿勢で立ち尽くしていた。彼女の頰のえくぼも、そこに押しつけられたもののように固まって見えた。俊夫たちは仕方なくそのまま帰ってきた。

そのときの、くすんだ板壁に囲まれた小さな家と、それを背にして立った峰子のほっそりした体つきが、俊夫の記憶にはっきり残っていた。

峰子が立って別の料理を盛った皿を配り、丸椅子を少し動かして俊夫の前辺りに座った。俊夫は気軽な調子で峰子に言ってみた。

「二年のときだったか、何人かで中田さんの家に行ったことがあるような気がするんだけど、覚えている？」

峰子は一瞬驚いたようだったが、

「ああ、そうだったわね」

と、にっこりした。

ほんの数分の場面に過ぎなかっただろうに、それが彼女の記憶にもあるということが分かり、かえって俊夫は不思議な気にさせられた。

峰子はちょっとバツの悪そうな顔をしてから、

「そんなこと、覚えているのね」

と俊夫に言ってしばし彼を見つめてから、不意に皆を振り返り、

「あのころは誰の家だって、皆貧乏だったわよね。お金持ちの子なんか、あまりいなかったんじゃないかしら」

それはそうだ、と皆一様にうなずいた。敗戦の残滓がまだ至る所に見られた、昭和三十年代に入ったばかりのころのことだ。だが峰子は皆を見回してから、その先で言おうとした言葉を呑み込んだかのように黙った。

俊夫は少しばかり衝撃を受けていたが、あえて話を変えようとして言った。

「中田さんを見ると、クラスで歌集や文集を作ったことを思い出すよ。歌集は中田さんも一緒に作ったんじゃなかったかな」

「ああ、愛唱歌集ね。それを持って皆でサイクリングに行ったこともあったじゃないの」

峰子は懐かしそうに微笑んだ。

大北も思い出したらしく、

「そうだったな。歌集を作るときには、俺は中田さんから原稿を回されたりして、ガリ切りばかりしていた記憶がある」

「大北はガリ版の字がうまかったんだ。何かというとよく頼まれていたじゃないか」

俊夫が言うと、

「そうだ。大北はガリ版のお陰で、女子にもてたんだ」

石野が言い、皆笑った。

当時からどことなく無骨な感じのあった大北功二は、石野にそう言われてもただ笑っているだけだ。

「わたし、歌が好きだったのよ。歌集に載せて欲しい歌がいろいろあったんだわ」

そう言ってから峰子は急に俊夫に向き直り、

「それよりクラス文集のこと、覚えてる？」

「ああ覚えてる」

俊夫が応じると、峰子は一瞬小さな目を丸く見開いて彼を見た。彼女の次の言葉を待つ俊夫を見据えて、きらきらと光るその目。そうだ、彼女はよくこんな目をして相手を見詰めたのだ、と俊夫は思い出した。

峰子はコップのビールを一口飲んで、急に早口になって言った。

「あの文集の中に、人物戯評とかいうのがあったでしょう、あれ、誰が考えたの？」

誰のアイデアであったか思い出せず、俊夫が首を捻ると、峰子は構わずしゃべり続けた。

「あの中にわたしのことも書いてあったわよね。あれ、作田さんが書いたんでしょ？知っているのよ、わたしは……。ひどいこと書いてあったの、覚えてる？　彼女は立派な五頭身、そう書いてあったのよ。何が立派よ。忘れたとは言わせないわ」

峰子は俊夫を睨み付けたが、笑顔を忘れるほどではなかった。

俊夫は即座にその文集のページを思い出した。表紙に「蝸牛《かたつむり》」と題されたその文集は、藁《わら》半紙の片面に印刷しそれを二つ折りにして綴じた部厚なもので、代わる代わるガリ版で原紙に切って印刷したから書体も様々だった。俊夫も手伝いを買って出て何枚か原紙を切ったが、刷り上がったのを見たら妙にか細い下手な字に見えたので、後々まで彼は秘かにそれを恥じかつ悔やんだものだ。

「人物戯評」というのは、くじ引きで一人が一人ずつ誰かを受け持つように決めて、クラス全員の人物評を書こうというものだった。俊夫はくじ引きで石野が当たり、その原稿は真っ先に書いて出したのだが、しばらくして編集委員から中田峰子のも書くように頼まれた。いろいろな理由で原稿を出さない者がいるので、それを埋めるために協力してくれと言うのである。俊夫は二つ返事で引き受けて、じきに書いて出した覚えがある。

その原稿に峰子のことを「彼女は立派な五頭身」と書いたのは、彼の記憶にもかすかに残っていることだった。それは小柄な彼女の形容の一つとして書いたのであり、当時の彼としては決して悪意はなく、むしろ彼女の愛らしさや純粋さを強調しようとして原稿を書いたつもりだった。ただ少々調子に乗って、七五調の文章にすることを思い付いたために、音数を整えようとして「立派な」という形容まで付けてしまったのだ。

あの二百字足らずの文章の七五の文句が当時の峰子の心を傷つけ、今に至るまで恨み言を言わせるもとになるとは、思いもしないことであった。

今更謝るのも変な気がして、俊夫が笑いに紛らして黙っていると、峰子は、

「ねえ、ひどいでしょう？　五頭身なんて書くんだもの、ねえ」

尚も周囲に向かって言い続けた。

「そりゃひどいなあ。何もそんなに正直に書くことはないのに……」

大北がとぼけて言い、峰子に睨まれたので、また皆笑い出したが、

「でも中田さんは、その五頭身という部分だけが気に入らなくて、その他のところはよかったんじゃないの？」

いつもの穏やかな顔に戻って大北が言うと、峰子は、

「まあね。でもそういうところが一カ所あれば駄目なのよ」

そう言って自分も笑い出した。

俊夫も釣られて笑ったが、峰子の言うのは本当かも知れないと思った。その後卒業する

まで峰子が彼に対して何となく無愛想であったことを、改めて思い出さない訳にはいかなかった。

「俺も人物戯評、作田に書かれたけど……」

と石野が言った。

そのころから民謡や笛・太鼓などに趣味のあった石野の特徴をおもしろく書こうと思い、文章に苦心したことを俊夫は思い出した。

「あのとき、家で親父に、作田がこんなの書いたと言って見せたんだ。そうしたら親父が読んで、おもしろがって笑っていた。俺はこんなの書きやがってと思ったんだが……」

石野はそう言って頭を掻いた。

すると向こうから吉野和弘が、

「俺は誰に何を書かれたかも全く覚えてないんだけど、何だかその文集、今からでも読んでみたくなった。誰か見せてくれないかな」

と言い、隣の高津や勝岡もうなずいて、口々に、

「そんな文集、作ったことも忘れていたよ」

「俺は覚えているがとっくにどこかへいってしまった」

すると峰子が吉野に言った。

「わたし、その文集、まだあると思う。もし欲しければ、吉野さんにあげてもいいわ」

「記念に取って置かなくていいのかい？」

「いいの。だって、もういらないから」

峰子は平気で言ってのけた。これには皆笑いかけたが、途中で何となく白けてしまった。峰子は意外と気が強い、と思わせるところも昔と変わらないようだ。

「記念といえばね……」

勝岡がソファーから体を起こして言った。

「この間、偶然昔の本の間から、俺たちの高校の木造校舎や、あの真っ黒な土のグラウンドの写真が見つかったんだ」

「そうか、俺にもいつか見せてくれよ」

吉野が身を乗り出した。

あのころはまだカメラがそれほど出回っていなかったし、スナップ写真のようなものは乏しいのだ。特にカラー写真がないのが悔やまれると吉野は言うのだ。

「残念ながらカラーではないんだけどね、でもあの校舎の板張りの縞《しま》模様がよく映っている。今日持ってくればよかったかな」

勝岡は口惜しそうな表情をした。

「何のときの写真だ？」

「校舎の縞模様って何だっけ？」

皆口々に勝岡に向かって言った。

「いつごろか分からないけど、園芸部にいたときの写真だ。中田さんも映っていたよ」

「あらそう……。でもわたしは、二年の中ごろに園芸部をやめたはずよ」

峰子は迷惑そうな顔をした。

「すると、あれは二年の春ごろの写真だったかな」

勝岡はちょっと怯んだような表情を見せた。何事か急に思い出したらしい。

あのころ、峰子と勝岡の間に何があったのか、と俊夫は記憶の中を探った。彼自身、峰子の明るさや愛らしさに気を引かれていた覚えはあるが、峰子と勝岡の間柄についてはあまりよく分かっていなかった。

「校舎の縞模様というのはね……」

と代わって吉野が説明しようとした。

「戦争中、かなり末期だと思うが、あの学校が軍隊に接収されたことがあったそうだ。そのときに緑のペンキを塗られたらしい。迷彩色みたいなものだろう。カラー写真でも残っているとよく分かるんだがな」

その懐かしい校舎が卒業後しばらくするうちに取り壊されて新築され、黒土のグラウンドがアンツーカーに造り替えられて、すでに久しいのだ。

あのころは園芸部と音楽部が、男女交流のはなやかなクラブだった。文芸部に籍を置いたままでほとんど活動もしなかった、鬱屈した少年であった高校時代の自分を、俊夫は思い起こさなければならなかった。

「園芸部は人気クラブだったみたいだな。俺は園芸の趣味があまりなかったから、とうとう入らなかったけど……」

俊夫が言った。

「そうさ。いつも部員が一杯で、皆でどこかへ遊びに行ったりするのも盛んだったよ」

そう言う勝岡は、園芸部のことをそれ以上語ろうとしなかった。

それから、誰彼がカップルになったとか、その後どうなったとかいう話が続いた。そういう話題になると勝岡の記憶は豊富で、吉野や高津も対抗してしゃべるから話が尽きない。そのころ俊夫の知らなかった噂話が幾つも出てきた。

そのうちにアルコールが回ってきたせいか、席を動く者もいて座が大分乱れてきた。

少々眠気を感じた俊夫がソファーにもたれていると、峰子が彼の前に寄ってきて水割りのお代わりを作った。

「作田さんは今、どこに住んでいるの？」

峰子は俊夫を見て、水割りの入ったコップをすっと突き出した。

「前と同じところ……」

コップの中で、透き通った氷のかけらがゆっくりと回転している。俊夫はそれを見詰めながら口に持っていって、一口含んだ。焼酎の、舌を刺す冷たい味が染みるように伝わってくる。

「お子さんも、もう大きくなっているんでしょうね」

「うん、たまに便りを寄こすぐらいだがね」

俊夫はもう一口、前より多めに水割りを口に含んで飲み込んだ。冷たいものが食道を伝わって、胃に届くのが分かる。眠気が次第に遠退いてゆくような気がした。

峰子の顔が間近に寄ってきて、くったくない様子で彼に話しかけてくる。低いが柔らかな声だ。

「また、来てよ。電話くれれば五時ぐらいからでも、お店を開けるわ」

「ああ、そう……」

俊夫は顔を上げて峰子を見た。

彼に向かってゆったりと微笑んだ峰子の顔が、薄赤いライトの中で殊の外美しく見える。こんなにも魅力的な峰子を、初めて見たと思った。だが心中で、またこの店に来るかどうかと迷っていた。

「シンジーとは、どういう意味かな」

と俊夫が言った。

「このお店の名は女性の名前から取ったみたいよ、ほら、ずっと以前の歌にあったじゃない？　それをそのまま使ってるのよ……。こういう店の名って、大抵そんなものよ、女優さんの名前とかね……」

峰子は明らかに彼とだけしゃべっている。彼が店の名の意味を聞いたのにかこつけて、命名した人物が他にいたが、現在はほとんど関係がなくなっている、そんなことを匂わせているようにも聞こえた。

手洗いに立っていた勝岡が、俊夫の隣の空いた席へ入ってきて無遠慮に腰を下ろした。

「どうだい作田、中田さんの店、なかなかいいだろう？」

「ああ、いいね」

俊夫が言うと、勝岡は峰子に向かって、

「なあ、そうだよ。彼はきっとまたここへ来るよ。だって、中田さんがやってるんだから、悪い訳がない」

勝岡は大分酔いが回っているようだった。

「作田は今一人なんだから、寂しいんだよ。だからここへ来たくなるさ」

俊夫が一人暮らしだと聞いても峰子は驚くふうを見せない。大方勝岡がこの店へ来た時に話したのだろう。俊夫のことを熟年離婚だなどと言ったのかも知れない。

「作田は一人でお母さんの世話もずっとしていて、そのお母さんが亡くなったりして大変だったんだよ。でも今はまた一人になって暇もできたんだよ。なあ……」

勝岡は制止が利かなくなったようにしゃべり続けた。俊夫は少し腹立たしくなってきた。そこで勝岡に構わず峰子に言った。

「中田さんは、お母さんはお元気なの？」

高校のころ、峰子はよく母親のことを口にしたが、父親のことは話そうとしなかった。それが妙に俊夫の心に残っていた。

「わたしの親は、二人ともとっくに死んだわ。親戚も少ないからさっぱりしたものよ」

「子供はいるの？」

「いるわ。娘が一人……」

そう言って峰子はちょっと微笑んで見せた。

「去年、ようやく結婚したの」

すると勝岡がすぐ続けて、

「そうなんだ、ようやく肩の荷が下りたっていうところなんだって、中田さんは」

そう言うと立ち上がり、俊夫の肩を軽く叩いてからもとの席に戻っていった。それを見送って、再び峰子は俊夫に顔を向けた。

「それだけが、わたしの希望よ」

「なるほど……」

俊夫は水割りのコップをゆっくりと口に運んだ。峰子はさばさばとしたような顔をしているが、彼には、何とはなしに峰子の寂しさが伝わってくるようだった。

向こう側で勝岡が石野をからかい始め、石野が自分の女房のことで泣き言のようなことを言っている。それを聞いて吉野と大北がしきりと笑い声をあげている。

「一つ聞いていいかい？」

賑やかな方を気にして振り向きかけた峰子に、俊夫はそっと声をかけた。

「さっきの話で、園芸部を二年の途中でやめたと言ったね。なぜやめたの？」

「そんなこと……」

峰子は呆れたような顔をしたが、

「家庭の事情、それだけのことよ」

「家庭の事情……。それは知らなかったな」

「いろいろあって、クラブ活動で毎日遅くまで学校にいる訳にいかなくなったのよ」

「勝岡は、それを知っていたのか……」

俊夫は一つの推理を当てはめて、峰子の答えを求めてみた。

園芸部をやめたことが勝岡との縁の切れ目になったのか。そして勝岡はそのときのことを何か負い目のように感じていたのかも知れない――。

峰子は笑いながら彼を見詰めた。心持ちその顔が赤く染まっているように見えた。

「そうね、あのころ、そうだったかも……」

峰子はわざとするように曖昧な言い方をした。俊夫はそれ以上彼女に聞くのはやめた。

勝岡がたまに思い出しては峰子の店に行き、峰子と思い出話をするうちに一人暮らしの俊夫を誘い出そうと考えた気持ちが、俊夫にも何となく分かるような気がした。俊夫自身も含めて三者三様、あのころのそこはかとない思いを、今に至るまで引きずっているのだろう。

峰子の現在の事情を聞いてみようと口元まで出ながら、俊夫はとうとう彼女に言わずにいた。勝岡が殊更俊夫を峰子と結びつけようとするようなことを言ったせいもあって、彼女が一人暮らしなのは何となく察しがつくだけに、その事情に踏み込みそうな場面になるのは気が引けた。

峰子も、そうした踏み込んだことまで彼に聞こうとはしなかった。

「ねえ、皆さん、気分を変えてカラオケ、どーお？」

突然峰子がママに戻り、明るい声で皆を誘った。それを待っていたかのように高津と吉野が手をあげて応じた。峰子がマイクを持っていって笑顔で手渡す。その姿が俊夫には、昔の峰子からは想像できないほどに優雅でしなやかに見えた。

それから一時間ほど、代わる代わるマイクを持ってカラオケに興じた。高校のころにあったはずの恥じらいなど微塵もなく、ただ歌うことに何かを発散する時間だった。峰子もせがまれてマイクを持って最近のポップス調流行歌を歌ったが、いかにも慣れた調子のきれいな歌声だった。

「高校のころによく歌った歌、何かないかな」

マイクを持って立った高津が言って皆を見回した。

「そうだ、森へ行きましょうという歌があったな。中田さんは覚えている？」

俊夫が思わず声を上げた。彼は、中田峰子がクラスの何人かと一緒に歌ったときのことを思い出したところだった。

森へ行きましょう娘さん　ホッホーあの森へ
僕らは木を切る、君たちは　ホッホー仕事しに
ランラララ……

頭の中に歌の流れていくのを感じながら、俊夫が峰子を見ると、

「ああ、そうね、『シュワ・ジェヴェチカ』だったかしら……」

峰子も思い出してつぶやくように言ったが、吉野や高津が「そうだそれだ」とはやし立てると、

「だめよ、もう忘れたわ、ああいう歌……」

と取り合わず、結局マイクを持った高津が得意の演歌を続けて歌った。

そして、しばらく黙ったままだった勝岡徹も、とうとうそこで歌ったのだった。彼は「カラオケは嫌いだ」と言っていたのだが、高津と吉野にせがまれて意を決したような顔をしてマイクを持った。そして皆の前に立つと急ににこやかになり、一頃はやった「夜のムード歌謡」の前奏に乗って体をリズミカルに動かし、語りかけるような調子でことさら魅惑的に、意外なほどの甘い声を響かせて歌ってみせたのだった。

俊夫は呆気に取られたような気分で見ていた。

「勝岡さん、それ、一体いつから歌うようになったの？」

思わずそう叫んで目を丸くしたのは峰子だった。それで皆初めて、勝岡がこの「シンジー」でカラオケをしたことがないのだと気付かされたのだった。

「そうか、勝岡は退職してから滅多に歌わなくなったんだな、いったいどうして？」

と吉野が言ったが、勝岡はまともに応えようとはしない。

「勝岡のは年季が入っているからな、みんなかなわないよ」

高津がそう言うと、吉野とうなずき合った。

俊夫は、勝岡徹が定年まで大会社の営業部に勤めていたというのを思い出したが、学校の教員に明け暮れしてきた俊夫の知らないような、会社勤め同士で分かり合う世界があるのは想像できる気もするのだった。

二時間ぐらいで帰るつもりでいたのを大分時間オーバーして、ようやく皆で「シンジー」を出ることになった。

勝岡が彼の即決で会費を徴収し、峰子ママに手渡すと、

「ありがとう」

彼女は微笑んでそのまま受け取った。

六人揃って地下鉄の駅に出て帰った。途中で俊夫と石野の二人が別れて私鉄に乗り換えた。他の者はJR線に乗り継いでいった。

俊夫と石野の乗った電車は思いのほか混んでいたが、三つ目の駅で二人の前の席が一つ空いた。俊夫が促すと石野はすぐにその席に座った。その石野の様子が、ひどく疲れてい

るように見えた。

やがて俊夫の降りる駅が近づいた。石野は俯き加減になってじっと目をつむっている。

俊夫は、その痩せた頬を見詰めながら冗談めかして言ってみた。

「まだそんなに遅い時間じゃないから、ついでにお宅まで送っていって、久し振りに奥さんにもお会いしてみるかな……」

「いいよ、そんな、ご心配には及びません」

石野は顔を上げて言い、笑った。周囲の者が皆振り返るような唐突な声だった。強がっているようにも見えたが、俊夫はそのまま石野と別れることにした。

「それじゃ、また……」

俊夫は石野に言って次の駅で降りた。

その後、俊夫は何度か「シンジー」に行ってみようかと思いながら、何となく気が重くなってとうとう行かずじまいだった。二カ月ぐらいして勝岡に誘われた時は、彼の都合が悪くて断り、それきりになった。


翌年の秋にまた彼らの同期会があった。同期会は二年おきに開かれるのが習わしになっていたのだ。年を取ってからは高校の同期会に対する懐かしみが、思いのほか増してくるのは俊夫にも不思議なほどだった。

その当日の何日か前に、勝岡から俊夫に電話がかかってきた。お互いの出席を確かめ合うような会話をしてから、勝岡が言った。

「同期会に、中田さんは欠席するそうだ。娘さん夫婦に子供が生まれるので、その世話を焼くらしい。つまり孫ができるんだ」

「娘さんの出産か。あの人もとうとうおばあちゃんになるんだな」

「そういうことだ。それで彼女、同期会どころじゃないらしい。店も休みにするそうだ」

勝岡はそういう話をして電話を切った。

俊夫は峰子が、結婚した娘のことが唯一の希望だ、と言っていたことを思い出した。元気なよい子が生まれるといいな、何とはなしに彼はそんなことを思った。

それから三カ月ほど過ぎて年が明け、俊夫は峰子の年賀状を受け取った。彼女から年賀状を受け取るのは全く初めてのことだった。

それは、型通りの新年の挨拶を記した活字の後に、

「今度お店を人に譲ることにしました。いろいろお世話になりました」

そう簡単に書き添えられてあった。

俊夫はその葉書を卓上に置いたまま、しばらくは動こうともしなかった。

彼は、高校のときに見た痩せた中田峰子の硬い表情と、スナック「シンジー」で見た彼女の明るく微笑んだ顔とを、ぼんやり思い浮かべていた。彼には遠い人のようでそうでもない一人の女性の、有為転変の人生を眺めているような不思議な気分だった。

その一方で俊夫は、新宿のスナック「秋桜」の会には月に一度、都合さえ付けば大抵顔を出した。行けば必ずそこには小栗冴子の奥ゆかしく美しい姿があり、そこが俊夫にとって別天地であることに変わりはなかった。

「秋桜」の会に大北功二や石野幸一はあまり姿を見せなかったが、「シンジー」でムード歌謡を披露した勝岡徹は、そのとき以後気が変わったかのように、「秋桜」にも顔を出すようになった。そして来ればいつも好んで冷酒を飲み、誰彼なく話しかけて笑い興じつつ、請われればいつでも「ムード歌謡」を歌ってみせた。それは勝岡自身が俊夫にそっと明かしたように、大会社の営業部というところで身につけた「世過ぎの術」を演じた姿でもあったようだが、門外漢の俊夫にはむしろ微笑ましく、またその巧みな歌いぶりに感心してばかりいた。

だが俊夫は、際限なく飲み続ける彼の「酒豪」振りが気になって、

「ちょっと飲み過ぎじゃないか。体をこわすぞ」

と本気で注意したことがあった。だが勝岡は、

「なに、いつものことさ、いいんだいいんだ」

と相手にせず、人懐こい笑いを顔いっぱいに浮かべて俊夫の肩をたたいたのだった。

「いつものこと」とは、勝岡の長い会社勤め以来のことを示しているのだろうと、俊夫にも察しはついたが、もしかすると勝岡は、そういう自分の過去の姿を封印したいと、一度は心に決めていたのではないか。そう気がつくと、俊夫は我知らず悲哀感に襲われて重い気分になってくるのを禁じ得なかった。


その勝岡徹が、自宅で心臓発作を起こして亡くなったことを俊夫が知ったのは、それから一年ほど後のことで、彼の同期生が皆七十二になる年の冬の初めのことだった。

（了）

振り返れば銀杏並木

その高校は都心から少しはずれた静かな住宅地にあった。住宅地といってもその当時は、付近にまだ畑が何カ所も残っていたものだ。

アスファルトの大通りから入った路地の突き当たりに校門があり、その錆びかけた鉄格子の扉の内側に入ると、田舎の道を思わせるような砂利道が、校庭に沿って校舎の昇降口まで百メートル余り続いていた。道の両端には、まだ幹の細い銀杏の若木が三メートルぐらいの間隔を置いて並んでいた。生徒たちは朝に夕にその砂利道をぞろぞろと群れをなして、あるいは三々五々途切れ途切れに、歩いて行き来した。

校舎は外側の板壁を迷彩色に塗られて異様な感じもあったが、古い木造の二階建てで、校庭を南側にしてくの字形に建っていた。その校舎の窓から眺めると、広い校庭の向こうには畑が広がり、右手には校庭に沿って校門に至る砂利道が細く続いて見えた。

校庭のグラウンドは黒い土に覆われていて、春から夏にかけてはしばしばもうもうと土煙が立ち、それが風に吹かれて教室を土ぼこりで埋めたりもした。冬の朝には霜柱が立って一面に白く輝き、昼になると霜が解けて湖のように光って見えることもあった。

秋から冬にかけて、男子の生徒たちは黒土のグラウンドで泥まみれになってラグビーをした。その季節には体育の授業といえば大抵ラグビーだったのだ。軟らかな土の校庭では冬はそれしかないと、体育の教師たちは考えたのかも知れない。しかし生徒たちはまるで泥と親しむようにラグビーに熱中し、それは教師たちの予想以上であっただろう。

それで毎年二月には、何日間かに渡ってクラス対抗のラグビー大会が行なわれた。各クラスの男子はほとんど皆出場することになり、昼休みや放課後には先を争うようにして校庭に出て練習をした。

お陰で教室や廊下は益々泥で汚れるばかりだった。我慢できずにそれを掃除するのは大抵女子生徒だったから、冬季においてこの学校で最も割を食う存在は、いつも女子生徒であったろう。

その女子生徒たちがはなやかな存在として活躍するのが春の合唱コンクールであり、また秋によく行なわれたフォークダンスの集いであった。

そんなふうにこの高校は年間を通して、自由な校風の中で自然に盛り上がってくるような、生徒たちののびのびとした活動によって彩られていたと言えるのだろう。

杉田郁夫《すぎたいくお》と三沢卓治《みさわたくじ》が親しくなったのはこの高校に通っていた間のことで、二人は三年間を通してクラスが同じだった。この高校では一年ごとにクラス替えをしていたから、その中で三年間同じクラスに在籍したというのは、よほど浅からぬ縁があったのだろうか。

杉田郁夫はおとなしい生徒で、体も大きくはなかった。友人も少なく目立たない存在だった。三沢卓治はクラスでも背の高い方で、一見ひょろりとした感じで色も白かったが、土建業者の父親譲りか、見た目以上に頑健な体をしていた。彼も交際範囲は決して広い方ではなく、入学してしばらくの間二人はほとんど交渉がなかった。

高校には放課後に行なう活動として「クラブ活動」というものがあった。三沢卓治は迷うこともなく「柔道部」に入り、放課後は柔道の稽古に汗を流すことになった。杉田郁夫は、消極的だと言われがちな自分を鼓舞するような気持ちになって、最初は「歴史研究部」と「軟式テニス部」の二つに入った。しかし軟式テニス部では、一カ月も経たないうちに彼を含めた五人の新入部員が部長の前に集められ、練習しても見込みがないから退部せよと宣告された。入部希望者が多すぎたせいもあったらしいが、それは不当な扱いと言えば言えたに違いなかった。だが退部宣告された五人は、その場では何も文句を言えなかった。

そうでなくても郁夫は、憧れの高校に入ったにしては毎日冴えない顔をしていた。張り切って勉強の準備をしていっても、いつもやることがちぐはぐになるようで、あまり高校の生活になじめないままでいた。そうして彼は次第に、教師が自分を変な生徒だと思って嫌っているのではないか、と疑いを持つようにさえなった。

その点学校では三沢卓治の方が落ち着いていたが、何かしら不安定な要因を抱えれば、いつどのようにして生活意識が崩れていくか、想像するのも難しいのがこの年頃だろう。

高校一年の夏休みが終わって新学期が始まると、全員が校庭に出て草取りをした。それは毎年二学期最初の行事として恒例になっていたのだ。午前中の時間、長い休みの間に汚れた校舎内を総出で掃除したあと、生徒たちは皆昇降口で上履きを履き替えて外に出た。それから校庭の割り当てられた場所にクラスごとに集まって、草取りを始めるのだった。

夏の間に伸び放題に伸びた雑草がしぶとく校庭の黒い地面に根を張っていて、それを全て手でむしり取るのはなかなか骨の折れる仕事だった。皆十分もしないうちに飽きて、あちこちで遊び始めた。卓治も草むしりはそっちのけで、しゃがんだまま何人かの者と雑談にふけった。

そのとき、

「おいっ、そこで何やってるんだ。立てっ」

野太い大声が響いた。

皆顔を上げて見ると、声の主は浅倉という国語の教師で、彼が自転車を止めて片足をついてにらみつけた先に、取り残した草の上に腰を下ろして両足を投げ出している杉田郁夫がいた。確かにそのとき、その辺りでそんな格好で座り込んでいるのは他にいなかった。びっくりしてのろのろと立ち上がった郁夫を見ると、浅倉は近づいていってクラスと名前を言わせ、

「よしっ、杉田だな。すぐ職員室へ来いっ」

そう怒鳴りつけておいて、また自転車のペダルをこいで校舎の方へ去った。浅倉は校庭を自転車に乗って走り回り、草取りをする生徒の監視役をしていたのだ。

卓治は、おとなしそうな郁夫がそんなふうに教師から怒鳴りつけられるのを見るのは初めてで、呆気に取られたように彼を見つめていた。先刻卓治は、郁夫が向こうの方で一人だけしゃがみ込んで草をむしっているのを、仲間と雑談しながら目にしていたのである。

郁夫は周囲からの視線を浴びて困ったような顔をして立っていたが、やがて情けなさそうに口を尖らせると、のそのそと昇降口に向かっていった。あとに残った者たちは皆一様に、郁夫一人に罪を被せたような後ろめたさがあって、何となくやり切れない気持ちになりながらも、ともかく草取りをする格好に戻るより他はなかった。

「破れ太鼓のくせに……」

しばらくして誰かが言った。あちこちで笑い声が起こった。それでまたもとの気分に戻ったのか、むしり取った草を投げ合ったり、関係のない雑談をし始めた。

「破れ太鼓」とは浅倉の渾名《あだな》で、彼はときどき度はずれた大声で生徒を怒鳴りつける。授業中にそれをやると、二つ三つ先の教室まで聞こえた。だが元々太いがらがら声であるから、その怒鳴り声も耳に慣れればそれほど怖くはなく、ところどころかすれたりしてどこか間の抜けた響きがあった。生徒たちはいくらかの親しみと同時にいくらかの軽蔑を込めて、浅倉を「破れ太鼓」と呼んだ。

それからさらに半時間余りが過ぎて、生徒たちはようやく校庭の草取りから解放されて教室に戻った。

昼休みに入る前に「ホームルーム」の時間が設定されていたが、担任教師はなかなか姿を見せなかった。「ホームルーム」でやる内容が大してないことも何となく察知できたので、生徒たちは廊下に出たりして勝手な動きをしていた。中には机の上にトランプのカードを広げて遊び始める者もいた。学期の始めや終わりにはこのような放任された時間が、どういうわけか、大抵一回か二回はあった。

三沢卓治は郁夫の姿の見えないのが何となく気になって、他の二、三人と連れだって職員室に行ってみた。郁夫とはあまり口を利いたことがなくても、普段無口で何ごとか考えてばかりいるような風貌があったから、卓治には少しは気に掛かかる存在でもあったのだ。

そのとき職員室の入口は数人の女生徒にふさがれていた。卓治たちはその後ろから首を伸ばして中をのぞいた。

女生徒たちは中に向かって、

「せーんせいっ、ホームルームですよ、早く来てください」

「お昼が遅くなっちゃうじゃありませんか」

口々に叫んでいるのだが、対応すべき教師は一向に出てこないようだ。職員室の中は賑やかで、そここで立ち話をしたり、入ってきた生徒と談笑している教師たちがいた。それらの中に浅倉の姿は見えなかった。

卓治が帰ろうとしかけたとき、職員室の向こうの隅にぽつんと立っている郁夫に気が付いた。郁夫は年間の行事予定を記した黒板の脇で、じっと何かに耐えるように下を向いて直立しているのだった。

卓治は女生徒を押しのけて職員室の中に入っていった。そして教師たちの間をすり抜けるようにして郁夫の前に立つと、低い声で言った。

「どうしたんだよ、おまえ、そんなとこで……」

郁夫は卓治を見て顔を赤らめ、唇をへの字に曲げるとそっぽを向いてしまった。

卓治は困って、思わず周囲を見た。何人かの教師がそれに気付いて、職員室の中が少しずつ静かになってきた。

見かねたらしく、藤田という国語の教師が出てきて、真剣な目をして郁夫を見つめ、

「君、もういいから、教室へ帰りなさい」

と言った。その場での藤田の独断のようであった。

郁夫はにこりともせぬままそこを離れ、卓治と一緒に職員室を出た。教室に戻ってからも郁夫はむっつりとして、誰が聞いても何も話さなかった。

それから後、普段も無口な郁夫がいっそう無口になって、それまで見せたことのない不服そうな表情さえ浮かべるようになった。

ある日、昼休みの時間に卓治は、教室の窓枠に肘をかけてぼんやり校庭を眺めている郁夫を見付け、のっそりと近づいて話しかけた。

「おい、杉田は、最近国語の授業で、当てられなくなったんじゃないか？」

当てられるとは、授業中に指名されて教師の発問に答えることである。言われて郁夫は思い当たることがあった。彼らのクラスの国語の授業は浅倉の担当であったが、最近郁夫は滅多に浅倉から指名されることがなくなった。もともと何を問われても答える自信はなかったから、最近は特に浅倉とは目を合わせないようにしていた。だから郁夫自身は、浅倉に指名されないことなどどうでもよく、むしろそれ幸いとばかりに黙り込んでいたと言ってもよいのだ。

「どうしてそんなことを？」

郁夫の方が逆に聞き返した。

「俺の見たところ、草むしりの日以来、杉田があの破れ太鼓に睨まれているんじゃないかと思ってな」

あのとき職員室で何があったんだ――卓治の知りたいのはそのことであった。

卓治に聞かれて郁夫もなるほどと思った。あの日以来、自分が捻くれ始めたという自覚は確かにあった。

あのとき、職員室に出向いた郁夫は黒板の前に立たされて、浅倉から怒鳴りつけられたのだった。

「校庭に出て座り込んで平気でいるとはけしからん。おまえ、何をする時間か、分かってないのかっ」

浅倉の銅鑼《どら》声が職員室に響き渡り、居合わせた教師たちが一斉に郁夫を注視した。

大掃除のあとは草取りの時間ということで、教師たちはその監視を浅倉ほか何人かの教師に任せて、他はそれぞれ自分の仕事を進めていたときのことだった。

郁夫は口をへの字に結んで上目遣いに浅倉を見、懸命に自分の答えて言うべきことを思い出していた。だが浅倉は郁夫の答えを待つ気もなく、

「お前みたいに図々しいのは他におらん。そこにしばらく立っておれっ」

郁夫にそう命じると、さっさと職員室を出ていってしまった。

他の教師たちは浅倉の処置にさほどの関心も示さず、薄笑いを浮かべてうなずいたり、

小声で話し合ったりしながら、それぞれ元に戻った。郁夫は一言の言い訳も許されぬまま職員室の隅に捨て置かれた格好になった。

「あのときは何も聞かれないで、ただ職員室に立たされていたんだ。草の上に座り込んでいたのがいけないと言われて……」

郁夫は顔を赤くしてつぶやくように言った。卓治には郁夫の不満がよく分かった。

「俺は、杉田がちゃんと草むしりをしていたのを見て、知っていたけどな」

「そんなこと、聞いてもくれなかったよ。ただちょっと手を休めるつもりで、たまたま腰を下ろしたところだったのに……」

卓治はうなずいて、郁夫と同じように窓枠に肘をおいて校庭を見回した。

「あの先生は生徒を見張るのが仕事だから、見せしめにしたかったんだぜ、きっと……」

「みせしめ……。そうか……」

「教員だって、職員室で格好付けていいとこ見せたいんじゃないのか？」

郁夫は卓治の言うのを聞いて、その言い方が少し乱暴で耳障りな気はしたが、自分の中の何かが解放されたような気もした。それまで教師のやり方を、そんなふうに批判的に見たことは一度もなかったのだ。

卓治はしかし、口数の少ない郁夫にそれ以上話を聞こうとはせずに、じきに窓枠から離れていってしまった。

郁夫は一人になってぼんやりと校庭に目をやっていた。

今改めてあのときの職員室にいた教師たちの様子を思い浮かべてみると、誰も皆意外なほど白けた感じで、自分の仕事のことしか考えていないようだった。黒板の前に立たされたまま職員室の様子を見ていた彼は、次第に正体不明のような絶望感に襲われるのを感じた。そうして自信の持てないままでいた高校生活が、その日以後益々空しいものに思われてきた。

郁夫のクラス担任は古川という理科の教師で、物理の授業を担当していた。古川は縁の厚い眼鏡を掛けていつも気難しそうにしていたので、郁夫はなかなか親しみが持てないままでいた。一学期の半ばに行なわれた担任教師による個人面談でも、郁夫の面談は、親の言うことをよく聞いてしっかり勉強せよと言われた程度の内容で五分ぐらいで終わり、郁夫は心にわだかまっていたことを何も口に出せなかった。

二学期の物理の授業は「力学」に入り、力学という言葉に興味を感じた郁夫は、古川の説明を理解しようとしていつもに似ず熱心に耳を傾けた。

古川は授業中に行なう説明の中で、大まじめな顔をしながらときに生徒を引っ掛けることも得意なテクニックにしていた。その日も古川は、生徒に「質量」とか「重力」という語について理解させようとして、黒板に様々な図形を五つ並べて書いてその先に目的地点を示し、やおら発問した。

「これら同じ質量の物体AからEに同じ力を加えてスタートさせたとき、最も早くこちらの地点に到着するのはどれか。ただし空気抵抗は考えなくてよいものとする。さあ、どうかな？」

そして彼は何人かの生徒を指名して答えさせ、先の尖った形や流線型の物体を答える生徒の続出に、にこにこしていたが、

「杉田はどうだ？」

と郁夫をも指名した。郁夫はびっくりしたが、

「どれも同じに着くんじゃないかと……」

と消え入りそうな声で答えた。

郁夫は、空気抵抗はないという条件に注目して考えたつもりだったが、自信はなかった。それよりも、古川の顔を見ているうちに直感的にそう答える気になったのだった。

古川は瞬間、きっとなって郁夫を見つめたあと、

「人の言わないことを言って目立とうとしたのか、杉田は」

と言ったので、教室のあちこちで笑い声が起こった。しかしそのあとの古川の説明によって、郁夫もほぼ正答していたことは明らかとなった。

郁夫は古川の言い方にひどく落胆して、授業が終わってから卓治に話しに行った。

「俺は正解を言ったのに、何で先生は当てずっぽうに答えたなんて思うんだろう」

卓治はにやにやして言った。

「いや、分からねえぞ。無理もないさ、お前じゃあな……」

それを聞いて郁夫は、急に顔を赤くして笑い出した。

卓治にそう言われてみると、なるほどそうかも知れない、と郁夫は妙に素直な気持ちになるのだった。日ごろの自分の勉強の状態を思えば分かることとなのだ。しかし古川の、眼鏡越しにきっとなって郁夫を見たあの目つきは、しばらく忘れられそうになかった。

そんなふうに鬱屈しがちな郁夫だったが、その彼を学校につなぎ止めていたのが体育の授業だったということは、彼自身予期しないことであった。

秋の風が肌に心地よくなるとともに、男子体育の時間はラグビー一色になった。一年生

たちは初めてのラグビーで、体を激しくぶつけ合ってボールを取り合う競技に、皆戸惑ったり気後れしたりしたが、技を覚えて慣れてくると、おもしろがって積極的にやるようになった。攻撃的な雄々しい感情を燃え立たせ、それに身を任せるのは、それだけで強い快感だった。やればやるほどそういう運動への欲求が、体の中から湧き起こってくる年頃でもあった。

もちろん卓治もその例外ではなかったが、どちらかといえば机に向かって数学や理科の問題を解いている方が好きな彼は、ラグビーの授業が終われば、いち早く教室に帰って着替えてしまう方だった。

郁夫は体に自信がある訳でもなかったから、初めのうちは体育の授業が嫌だった。しかし楕円形のボールを横抱きにして走り、パスしたり、相手のタックルを素早く交わしたりする快感を知るようになると、自分でも意外なほどラグビーがおもしろくなった。お前はすばしこいと認めてくれる仲間もいて、校庭に霜柱の立ち始める季節になるころには、体育の時間に待ち遠しさを感じるほどになっていた。

「こんなぐちゃぐちゃなグランドじゃ、たまらねえよな」

教室で体育着に着替えたとき、たまたまそばにいた郁夫に、卓治が霜解けの校庭を指差して話しかけた。

「でも、つまらない授業なんかより、ラグビーやる方がよっぽどましだよ」

郁夫が言うと、卓治は郁夫の顔を眺めておもしろそうに笑っていた。

一月になるとラグビー大会の日程が発表され、男子生徒の多くが奮い立った。一年生のクラスでは怖じ気づくような部分もあったが、郁夫たちのクラスは最初から皆やる気満々で、放課後どころか、昼休みの短い時間にも校庭に走り出してパスの練習をした。卓治はフォワードに入り、郁夫は補欠になったが練習には必ず参加した。

放課後のグラウンドでは常に上級生が中央付近のいい場所を占領するから、一年生クラスは大抵隅の方でこそこそ練習する感じだった。隅の方は土が軟らかくて走りにくいことが多かった。

クラスの男子全員を二つに分けて実践形式の練習をしていたとき、郁夫はボールを持った相手に思いっきりタックルを掛けたが、足が滑ったために簡単にはずされたことがあった。頭を地面に打ちつけて軽い脳震盪《のうしんとう》を起こし、我に返ると、卓治の顔が覆いかぶさるようになって彼をのぞき込んでいた。

「おい、大丈夫か？」

卓治の他にも数人の者がいて取り囲んでいるのだった。脳震盪だろうと口々に言って心配しているようだ。

郁夫は立ち上がり、大きく息を吸った。額にべったり付いた泥を手でぬぐった。

「大丈夫だ」

彼は誰にともなく言って走り出そうとした。何となく足がふらつくようだったが、平気だと思った。

「おい、無理するなよ」

後ろで卓治が言い、何人かの笑い声がした。

あとで郁夫が卓治に聞いてみた。

「俺はどのくらいあそこに倒れていた？」

「そうだな、二、三秒じゃないのか」

卓治は事も無げに言った。それを聞いて郁夫は少々がっかりした。

ラグビーは危険を伴うから注意するようにとは授業でも注意されていることだったが、脳震盪を起こしたりするのは、それだけ相手陣に向かって勇猛果敢に戦った証と見る雰囲気もあった。郁夫は自分が脳震盪を起こし、他の者にも勇敢さが認められたかと早合点し掛けたのだが、結果は大したことにはならなかった。

クラス対抗のラグビー大会は一週間に渡り、放課後の時間を使って全クラス参加のトーナメント形式で試合が行なわれた。いざ始まると郁夫は結局出番を与えられず、フォワードの卓治は試合に出続けた。そして彼らのクラスは同学年のクラスを破り、さらに二年生のクラスも破って評判になり、いよいよ勝ち上がって三年生のクラスと当たることになった。皆奮い立ったが、結果は大方の予想通りの大敗であった。

ラグビーに熱中する季節が過ぎても、郁夫のむっつりした普段の様子はほとんど変化しなかった。いやむしろ、授業に身が入らぬ代わりに、教師を観察することを覚えるようになったというべきかも知れない。それは彼にとって決して楽しいことでもやりがいを感じることでもなかったが、鬱屈する自分から逃れる方法にはなった。

一見飄々とした風貌を身に着け始めた卓治も、内心で教師に対する辛辣な見方を磨いていた。そんなふうにして彼らの高校の最初の一年間が過ぎたのであった。

彼らが二年生になった翌年の春、卓治と郁夫の所属する新しいクラスに、中本将也《なかもとまさや》という生徒が加わっていた。将也は郁夫たちより歳が一つ上だったので、何かの理由で進級できずに転校してきたことは明白だった。

クラス担任は田山という年輩の教師で、社会科の授業を持っていた。彼は授業を始めるとき、教卓の上にノートその他の授業の材料をいっぱいに広げるのがいつものことだった。そうして彼は教室内のあちこちに目を走らせ、それからクラス担任として何やかやと文句を言ったり、個別に注意を与えたりした。

あるとき、最初に授業の出席調査をしてから、教卓の上でしきりとノートをめくったりしていた田山が、

「中本、中本……」

何度も呼んで中本将也のいる方を睨み付けた。

将也はいきなり矛先を向けられて、当惑したような顔で教壇の田山を見上げていたが、なかなか返事をしなかった。

「中本よ、お前は注意されたことをちゃんと守らないなら、わたしは承知しないぞ。分かっているんだろうな」

田山の顔が段々赤くなってきた。彼は新たに受け持つことになった中本将也という生徒に対して、その指導上何らかの懸念を抱いていたらしい。それで他の生徒の前で将也を抑

えつけておこうとしたのだ。

「分かってます……」

将也は気押されたように俯いて言い、机の上の教科書やノートをしきりと揃えて見せた。

「嘘を言うんじゃないぞ、中本」

「嘘なんか言ってません」

「嘘を言ったら許さんのだから……」

押し問答のようなことが続いた。将也は皆の前で言われて情けなそうな顔をし、そのうちにふてくされたような表情も見せた。

郁夫は将也のすぐ近くの席に座っていて、「見せしめ」という言葉を思い出していた。彼は無性に腹立たしくなってきた。

「先生、本人が嘘じゃないと言っているのに、なんで嘘だって言うんですか」

不意に郁夫が大きな声で言った。

教壇に立った田山はびっくりした顔で郁夫を見た。普段無口で目立たない生徒が急に担任教師に文句を言ったのだから、驚くのも無理はない。ざわざわしていた教室の中もいっぺんに静かになった。田山は妙に慌てるばかりになった。

「まあ、確かに本人が嘘じゃないと言っておるのだから、その、何だな……、わたしもそれを信じようと思うが、とにかく本人がしっかりせんとだな……」

田山の顔は益々朱に染まって、しどろもどろのようなことを言った。それからようやく、やりにくそうに自分の授業を始めた。

その時間が終わると、卓治が二人の席の方へやって来た。

「デンさん、いい年こいて顔を真っ赤にしてたぜ」

郁夫と将也の顔を交互に見て、卓治はにやにやしながら言った。「デンさん」とは田山の渾名で、田山の「田」の音読みからできた呼び方だった。

「おお、俺は助かったぜ」

将也が郁夫に言って、卓治と顔を見合わせ微笑んだ。

「だけど、あの先生、何だか訳の分からないことしか言わなかった」

郁夫が言うと、

「そうさ、デンさんには大したことは言えねえさ。時間つぶしみたいなもんさ」

と卓治が笑った。

「いいんだよ。俺はもう平気だ」

　将也がうなずいて言った。その目が穏やかに笑っていた。

周囲にいた他の者たちも皆好意的な笑いを浮かべて三人を見ているのが、郁夫にも分かった。彼は思わず口に出した自分の言葉が、クラスの者たちにも共感を与えていることを知った。

そんなことがあってから、郁夫は卓治や将也といっそう親しくなった。そこに他の何人かも加わって、よく一緒に行動するようになった。そのクラスは、郁夫が一年生のときのクラスのような荒っぽさがまるでない、随分和やかな雰囲気のクラスだった。そういう点で郁夫は、自分でも不思議なくらいにクラスに溶け込むことができた。

夏の初めには、彼らはクラスの仲間を何人も誘って多摩川にサイクリングに行った。それがきっかけになって自分たちの愛唱歌集を編んだり、さらには思い思いのことを書き綴る文集を、クラスの者に働きかけて作ったりした。そういう活動になると、担任の田山は何も注文せず寛容そのものだった。文集作りで下校時間を忘れて暗くなるまで学校にいても、田山は翌日職員室に主な生徒を呼んで注意はするが、いかにも不得意なことをしている感じで締まりのない叱り方だった。

文集を作ったときに、郁夫は中学時代の思い出を初恋気取りで短編小説風に書いて載せ、仲間を驚かせた。だが一面、「人物戯評」と題した特集で、郁夫が幾つか書いたクラス人物評の短文は、彼の皮肉な目がところどころに表れたりして、それが予想外に当人を傷つけ、不評を買ったりもした。だが郁夫はクラスの仲間との活動にいっそう積極的になり、絆を深めるようになった。

歌集や文集に興味を示さなかった中本将也は、運動能力が高く、野球部に所属していた。前年までのラグビー大会は危険が多いという理由で学校行事としては中止になったが、それに替わるクラス対抗の全校行事として軟式野球大会が行なわれることになった。するとと将也はクラスの野球チーム作りの中心になった。当時、家の近所の空き地でやる草野球ならば男子は大抵普段もやっていたのだ。

「俺がこのクラスでみんなと野球をやろうとは、思ってもいなかったぜ」

将也はそんなことを言いながらも意気込んで、野球のルールや守備の仕方のことまで汗だくになって皆を指導したりした。彼は自分のことはほとんど話しはしなかったが、彼の顔から次第に過去の暗い陰が消え去って彼本来の明るさが溢れ出てくるかのようだった。

そして秋の深まるころ全校野球大会が始まると、将也は生徒会から頼まれていたらしく、試合の審判を引き受けていた。当日彼はきちっとした紺のズボンを身に着けてきて、鮮やかな身のこなしで審判役を果たした。だが試合では、彼らのクラスは敢えなく一回戦で敗退した。郁夫も卓治も交代要員として試合に出たが、女子と一緒になって応援している時間の方が多かった。

二学期に入ってから三沢卓治は学校に遅刻してくることが多くなった。野球大会が終わって以後、彼はほとんど毎日十分か二十分ぐらいの遅刻をした。特に、担任教師の田山の授業が一時間目にある日がひどかった。卓治は社会科が特に嫌いという訳ではなく、明らかに担任の田山に反抗しているのだった。授業態度などで注意されるのを不服としてますます担任教師を見くびるという、田山にとってまことに扱いにくい生徒になっていた。

授業の途中で入口の戸をそろそろと開け、のっそりと教室に入ってくる卓治を見ると、他への影響を考えて烈火のごとく怒って見せる田山も、あまりに度重なる遅刻にただ丸い顔を赤く膨らませるばかりで、教室内の生徒たちがくすくす笑い出す始末だった。

卓治は、親さえも呼ばれて担任の田山から注意されたのにもかかわらず、一向に気にしない様子で、彼の遅刻は次第にクラスの名物のようになった。処置に困った田山は、授業中に半ば卓治をからかうようなだらけた叱責を繰り返したりして、益々生徒の失笑を買った。卓治は増長して遅刻の改まる気配はまるでない。そうなるとクラスの中に、卓治だけ特別の存在であると認めるような雰囲気が生じてきて、かえって田山が心配するような遅刻の蔓延《まんえん》は起こらないのであった。

ある日、その日は土曜日で半日授業のあと午後は放課になった。郁夫は歴史部に所属していたので、土曜日の午後はその部の活動に加わり、新しい友人もできつつあった。十一月に行なわれる秋の文化祭が近づいて、放課後でも普段と違う活気が出てくるころであった。

郁夫が夕方遅くに帰宅して兄弟五人揃っての食事を終えたころ、外はもうすっかり暗くなっていた。そこへ、不意に卓治が一人で訪ねてきた。

卓治は前日から続けて今日も学校を欠席していた。遅刻はしても欠席などしたことがない卓治であったから、郁夫は一体どうしたのかと思っていただけに、彼の不意の訪問には驚いた。卓治が彼の家に来たのは、夏休みの前、学校の帰りに数人で寄って以来二度目のことだった。

郁夫が狭い玄関のガラス戸を開けて出迎えたとき、卓治は、電球の薄い光に照らされて何だか浮かぬ顔をしていた。いつものとぼけたような笑顔も忘れたかのようだった。

「三沢、どうかしたのか？」

郁夫が思わず言うと、

「ちょっと話したいんだが……」

卓治は家の中をうかがう目つきをした。その様子に郁夫はただならぬものを感じた。いつも達観したようなものの言い方をする卓治に似合わない、おどおどした態度に見えた。

郁夫は一つ下の弟と共同で六畳の部屋を使っていた。今日は夕飯のあとで弟も部屋にいると思い、彼は卓治を誘って外に出て話を聞くことにした。

と言っても外は街灯もない暗闇で、近くに話をするのに適当な場所がないので、二人は広い通りまで出て角の電信柱のところに立ち、車の走るのを眺めながら話をした。電信柱には裸電球が一つ点いていて、その下の辺りはアスファルトが途切れて黒い土が見え、丈の短い草が生え広がっていた。

卓治は、今夜は家に帰る気にならないから一晩泊めてくれないかと言った。郁夫が理由を聞くと、親と喧嘩をして家を出てきたと言うのである。明日は八王子の親戚の家に行くことにしてあるが、今日の土曜日はどこにも行くところがないのだという。

とりあえず郁夫は彼の頼みを承知した。一晩なら二階の六畳に弟と三人で一緒に寝てもいいと思った。

卓治は安心してようやく微笑み、彼の家の事情を郁夫に語った。郁夫も以前から卓治の漏らす言葉の端々に、親子で喧嘩の絶えないような雰囲気を感じていたが、まさか卓治が家出をしてくるほどとは思っていなかった。

卓治の父親は土建業の会社を持っていて、割合堅実な仕事をしていたから、かねてから息子たちに会社を継がせたいと考えていた。息子は一番下の卓治を含めて四人いた。父親の望み通り長男は大学の工学部を出て、修業の意味を兼ねて他の会社に就職した。しかしそれが仇となったようで、二年ぐらい前から家業の経営を巡って父親と衝突するようになった。兄たちが激しい言葉で父親をやりこめ、父親が何も反発できない場面がときどき起こった。

理数科目の得意な卓治は、大学の工学部を出たら父親の会社に入って働きたいと思っていた。すると最近は父親と長兄とで卓治を奪い合うような様相も見せ、中に入るはずの母親が、いっそ卓治に工場を継がせればよいなどと言い出したので、益々混乱してくる始末だ。父親が頑固なだけに、なかなか収まりそうにない。他の次男と三男も父親に反発し、近々家を出て行くつもりらしいという。

「お袋とも喧嘩したし、俺は今、あの家には帰りたくないんだ」

卓治は自嘲するような薄い笑いを浮かべた。本気らしかった。郁夫は言うべき言葉が見つからなかった。

郁夫の父親は夜学の教師をしていて、毎夜遅くに帰宅する。子供は郁夫を頭に五人いたから生活は決して楽ではなかった。それでも郁夫は親たちに対してなんの不満も感じたことはない。それに比べると、卓治の家庭の荒れすさんだ様は信じられないほどだった。

「学校はどうするんだ、続けられるのか？」

郁夫はまず気になったことを聞いてみた。

「まあな、それは親戚の家から通ってもいいし……」

卓治はあまり気のないような言い方をした。彼の言う親戚とは八王子に住むという叔父のことだった。

「八王子から通うのか？」

郁夫は卓治の生活がどうなるのか心配だった。

「うん……。そうなると、一時間半ぐらい掛かるかも知れないな」

「それじゃ益々三沢の遅刻が多くなる……」

郁夫が冗談めかして言うと、

「益々デンさんを悩ませる、か……」

卓治も言って、自分を嘲《あざけ》るように笑った。

「三沢、家の人ともっと話すこともあるだろうから、俺の家から学校に通うと都合がいいんじゃないか？」

卓治の考えを知ろうとして郁夫はそう言ったが、家の部屋数が足りなくてそれが可能かどうか自信がなかった。卓治はすぐには答えぬまま、目の前を猛スピードで走り去っていく大型トラックをじっと目で追っていたが、

「いいんだ……。どっちにしろ、俺はもう大学なんか行かなくてもいいんだし……」

つぶやくように言った。

「そんなことまで、今から決めちゃうことはないじゃないか」

郁夫は懸命にそう言った。

「まあな……、なんとかなるさ」

卓治は大した当てもないままに、郁夫の心配を打ち消そうとした。

そのころ郁夫の母親は、郁夫が行く先も告げずに友人と連れだって出ていってしまったので、外の闇に目をやっては、一体どうしたのかと気にしていた。その友人が以前に一度来たことのある三沢という子で、郁夫が親しくしているらしいことは分かっていた。

小一時間ほどして二人が戻ってきた物音がしたので、母親はすぐに玄関に出た。

卓治は不意に姿を現した母親と目が合い、当惑したようにちょこんと頭を下げた。その様子に、母親は思わず微笑んだ。

玄関の建て付けの悪い引き戸を力任せに閉めていた郁夫が、慌てて向き直り、

「三沢君なんだけど、今日ちょっと泊めてくれないかと言うから、泊めてやりたいんだけど……。もう少し、二人で話をしたりするから」

と母親の顔色をうかがった。母親は驚いた様子を見せながらも、嫌な顔はしなかった。

母親はすぐに二階へ行って弟を呼びだし、部屋を空けてやるようにした。弟は妹たちの部屋に寝ることになった。

「お兄ちゃんの部屋にお友だちが来て泊まる」

郁夫の幼い弟妹たちは興奮気味になって、何度も二人の様子をのぞきに来た。

卓治はそういう家の中の和やかな様子が羨ましく、しまいには郁夫の弟や妹たちに愛嬌

を振りまこうとして、

「おい、こっちへ来ないか。遊ぼうぜ」

などと顔を赤くして笑いかけたりしたが、それはいかにも小さい子供に慣れない様子で、郁夫はおかしくて仕方がなかった。

母親は我が子の親友のために、下の押入れから布団を出して郁夫に与えた。粗末な薄い布団であったが、真新しい敷布が一枚付いていた。お客用の敷布であるに違いなく、母親がそのように気を配ってくれたことが郁夫はうれしかった。

二人は早速布団を敷いて、横になって話をしようということになった。

郁夫の敷布団は体を置く真ん中の辺りが大分凹んでいて、おまけに敷布もかなり汚れが染みついて擦り切れていた。卓治はそれを見て指を指して笑い出したが、郁夫が恥ずかしそうに顔を赤くしているのを見ると、ひどく済まなそうな顔をした。自分の家より郁夫の家の方が貧しいことを、卓治ははっきり見たような気がした。

実は、卓治は夕食の時間になる前に家を出て、街を歩き回っていたのだった。だから甚だ空腹を感じていた。そのことを郁夫に言おうかどうしようかと思いながら、つい言いそびれていたのだが、布団を敷いて横になったところで、彼は今晩の食事のことは諦めようと心に決めた。

卓治にとって、当面八王子にいる叔父が頼みの綱だった。その叔父の家には明日行っていろいろ相談するということにしていたので、今日いきなり行くわけにいかなかった。あの厳格な叔父が卓治の立場をどれだけ理解してくれるか、それもよく分からないのだ。誰か友だちの家に行ってみようと思ったが、彼にはそれほど親友といえる友だちがいなくて、彼は夕暮れの路上で途方に暮れかけた。そのとき、杉田郁夫の顔が浮かんだのだった。

実際にはいきなり行って泊まり込めるほど郁夫と親しいとも言えなかったが、普段から何となく気心の合いそうな感じはしていたのだ。こうして思い切って訪ねてみれば予想以上に暖かく迎えられた気がして、卓治はそれだけで涙が出そうになるほどありがたかった。

郁夫は、シャツのまま仰向けになって大きく溜め息をついた卓治を見て、相当疲れているようだと思った。そしてそれほどの心用意もなく聞いてみた。

「三沢、夕飯は食べたんだろう?」

卓治は、心には決めたつもりでいたのだが、不意に言われて怯んだ。

「いや……、いいんだ……」

その言い方か弱々しかったので、郁夫は思わず起き上がった。

「飯、済んでないのか。何だ、そうか……」

「いや……」

卓治は曖昧に笑ったが、重ねて拒む気力はなかった。

「ちょっと待っていてくれ」

郁夫は階下へ駆け下りていって、母親にうち明けて、友だちの食べるものはないかと相談した。母親は困惑した。

もうじきに、十時を過ぎる時刻になれば、いつものように郁夫の父親が夜学の仕事を終えて帰ってくる。そして遅い食事をする。その一食分はあるが、それ以外に一人分用意することはむずかしい。

「ジャガイモの煮たのでもいいから……」

郁夫が言うので、ようやく母親はうなずいた。ジャガイモの煮物は父親の好物で、大きなジャガイモのぶつ切りを醤油味で煮込んだのが鍋にあって、それが今晩のおかずであった。母親は、父親のために残してあった麦飯も息子の親友に軽く一膳分けてやることにした。

　麦飯の入った茶碗とジャガイモの盛られた皿を丸い盆に載せて、郁夫は意気揚々とした顔で部屋に戻った。

「これだけしかないけど、よかったら食べてくれよ」

　卓治は泣き出しそうな顔をしてうなずき、すぐに箸を持って食べ始めて、醤油の色に染まったジャガイモの大きな切り身を次々と口に放り込んだ。茶碗の麦飯は三口ぐらいでなくなり、あっという間に盆の上のものを平らげた。

「すまん……。腹が減るとだらしなくなっちゃってさ」

　卓治は照れたように笑って、

「俺がこのお盆を下に持っていって……」

　郁夫の母親に礼を言わなければならないだろうと彼は思った。

「いや、いい。大丈夫だ」

　郁夫が空になった茶碗と皿を載せた盆を持って立つと、

「じゃ、ついでに水を一杯頼むよ」

　卓治が遠慮なく言った。

二人が敷布団の上で思い思いの姿勢になって話をしていると、不意に入口の襖が開いて父親が顔を見せた。帰ってきてすぐに母親から話を聞き、背広姿のまま様子を見に来たのだ。二人を見ると、眼鏡の顔にいっぱいの笑みを浮かべて言った。

「ああ、郁夫の友達か。いらっしゃい……」

卓治は慌てて座り直し、何か言おうとしたが、

「あ、すいません、夜遅くに来て……」

そう言ってただ頭を下げただけだった。父親はいかにも息子の親友を歓迎していると言わんばかりに、うれしそうに何度もうなずいて見せた。

父親が行ってしまうと、卓治もようやく気持ちが落ち着いたようで、口も軽くなった。

「家庭とか、家族とかいっても、いろいろあるもんだな」

と卓治が、何事か分かったようにうなずいて言った。

「うん、それはそうかも知れないな」

郁夫は、卓治が段々いつもの調子を取り戻してきたような気がした。

郁夫は、何かのときに一度、卓治の家に立ち寄ったことがある。何度も建て増しを重ねたようで部屋は幾つもあったが、家の中は静かで暗い感じだったような記憶があった。

「俺の家なんか、滅茶苦茶だぜ……」

卓治は鼻で笑うような表情をした。しかしそれはこみ上げてくる感情を懸命にこらえて赤く染まっていた。

卓治は家族の一人一人を思い浮かべていた。兄たちの反発から父親中心であった家庭ががたがたと崩れてゆき、始終喧嘩の絶えない家庭にあって母親はただおろおろするばかり、卓治が技術者になって父の会社で働く夢も空しくなろうとしていた。父親はすっかり気弱になっていて、その会社もこの先いつまで持つか分からないのだ。

郁夫は詳しいことは分からぬながらも、卓治がやけを起こして家出でもしかねない瀬際にいることだけは分かるような気がした。それで少しでもそれを食い止めるために、何か言わなければならないと思った。

「いつまでも家の中が、そんな状態のままっていうこともないだろう」

「いやあ、駄目だ……。そのうちに、親父とお袋だけになるぜ、きっと」

「三沢も家を出ていくのか？」

「まあな……。俺はどうなるか、まだ分からないが……」

やけ気味な表情が卓治の表に出た。

「家がそういう状態なら……」

郁夫は考えながら言った。

「三沢は当面、自分の将来のことを大事にして考えればいいじゃないか。大学受験もあるし、その、八王子のおじさんなんかにも相談したりして……」

「うん、まあな……」

「俺は、三沢は大学に進むんだろうと思っていたけど……」

「うん、進みたい気はあるがな……」

「そうだと思うよ。自分の将来は自分で掴むんだと思うよ」

郁夫が懸命に言うと、卓治はまたふふんと鼻で笑ったが、その白い顔には前と違う赤味が射していた。

「杉田はどうするんだ、将来は」

やがて卓治が郁夫に顔を向けて言った。

「俺は……」

そう言いかけて郁夫は、口ほどにもなく自分の方がいかに中途半端な高校生活を送っているかを思った。卓治に対して思わず投げやりな言い方をしそうになるのを、彼はどうに

か抑えて、

「俺は、とにかく、大学に行くようにしようと思うけど……」

そうは言ったが、郁夫は自分の言葉が宙に浮くような気がした。

「勉強しなけりゃ行けないから、なかなか大学も難しいよな」

卓治はにやにやして言い、いつも見せる人を食ったような表情になった。

「そりゃそうだけど……」

郁夫は少々むっとして、卓治に言い返したかったが、自分の不甲斐なさはどうしようもなかった。

卓治はときどき郁夫の顔に目をやりながら、しばらくの間何も言わなかった。そうして卓治の顔からは人を食ったような表情がすっかり消え、ただ一点を見つめていた。

翌朝、日曜日だったので、郁夫の家は朝から彼の弟妹たちの声で賑やかだった。二人が起き出して階下に下りてゆくと、父親と母親が茶の間に座ってにこにこしながら二人を迎えた。卓治は茶の間の入口に立って朝の挨拶をした。

父親は何も言わなかったが、母親は、

「顔を洗ったら二人とも二階で待ってなさいね。朝ご飯を持っていってあげるからね」

と機嫌よく言った。

言われた通りに二人が二階の部屋で待っていると、やがて母親が朝の食事を盆に載せて持ってきた。前夜と同じ丸い大きな盆に、マーガリンを塗った食パンの皿と、キャベツの千切りを添えた目玉焼きの皿が二人分、お茶を入れた湯飲みとともに載っていた。当時、卵は貴重だったから、目玉焼きはご馳走に違いなかった。

卓治は急に神妙な顔になって、ものも言わずに食パンと目玉焼きを食べた。

郁夫はその卓治の顔を見ながら、また少し心配になった。しかし食事が済んで、八王子の叔父の家に行くと言う卓治を送って玄関に出たとき、卓治はすっかりいつもの元気を取り戻しているように見えた。

何年も後になって、卓治が郁夫に語ったところによると、このときの夜の食事と朝の食事に、卓治はひどく感激したのだ。そうして、自分もあんなふうに子供思いの温かい家庭を作るようになりたい。そう考えるようにもなったのだという。

そのころ卓治の家では父親のみならず、母親の存在も影が薄くなるばかりで、朝卓治が遅く起きていったりすると、兄たちが食べ尽くして彼の朝食が何も残っていないこともしばしばあったのである。

それから何日かするうちに、卓治はようやく、八王子の叔父の口入れもあって元通り自宅から高校に通うようになった。だが、彼自身は自立の厳しさを真剣に自覚しつつあって、親に頼る考えからも脱していこうとしていた。

郁夫もそういう卓治の様子に胸をなで下ろす気分だった。しかし一方で、高校の最終学年に進む年を迎えた自分自身の問題にも気付かなければならなかったのだ。

その年の最後の行事であるマラソン大会が行なわれた日、晩秋の空はよく晴れていた。マラソンは五日市街道を走る男子十キロ、女子五キロの折り返しコースであった。午前十時に女子の一団が男子の拍手する中を一斉に出発して、しばらくおいてから男子が号砲とともに大挙して走り出した。

郁夫は最初から卓治や将也と一緒に走った。二キロぐらいまでは後になり先になりして走ったが、息が荒くなるとスピードが落ちていき、いつのまにか三人横並びになった。

「そう言えば、去年もこんなマラソンをやったんだな」

卓治が言った。

「俺はマラソン大会なんて初めてだ。こんなふうに、みんなで走るのもいいもんだ」

将也が言った。彼は去年の今ごろ別の高校で、親や教師に反抗していて、ほとんど不登校の状態だったのだ。

「俺はクラスで確か去年、真ん中ぐらいの順位だった」

郁夫が言った。彼は一年前、体育の授業の一環だと思って一生懸命走ったが、特別な印象は何もなかった。

「俺は途中棄権だった。腹が痛くなって……」

卓治が言うと、将也が、

「嘘だろう？　逃げ出したんだろう」

「いや、本当さ。保健室に連れていかれて、薬をもらって帰った」

「なんだ、だらしねえな」

将也が一人で笑っていた。走ることにかけては彼が三人の中で最も余裕があった。

「おい、一年にもどんどん抜かれるぜ。悔しいな」

体力をもてあまし気味の将也は後ろを振り返ってそう言いながらも、三人並んで走ることを辞めなかった。

「そこの三人、並んでしゃべったりしないで、もっと頑張って走りなさい‼」

不意に聞き覚えのある金切り声が聞こえた。

振り向くと、数学の女教師で、痩せた小柄な体を赤いトレーニングウエアに包んで道の端に立ち、丸い眼鏡の小さな顔を尖らせて三人を睨んでいた。彼女には「ミクロン」という渾名があった。マクロと反対のミクロのもじりである。

「ミクロンが怒鳴ったぜ。驚いたな」

「うん……」

三人はしばらく無言になったが、やはり並んで走り続けた。

「いけねえ、また腹痛が起こりそうだ」

卓治が横腹を押さえて言った。三人は卓治を真ん中にして、少しスピードを落として走った。そして折り返しを過ぎてから、卓治の顔色はすっかり元に戻った。郁夫も次第に快調になって、すごく楽に走れる感じで走り続けた。

校門を入る手前のところにトレーナー姿の浅倉が立っていて、太い縁の眼鏡を光らせて三人の様子をじっと見ていた。

「あんなところに立って見張ってるのか。ここまで来て逃げるわけはないのにな」

卓治が笑って言った。

「破れ太鼓のやつ、何か言うのかな……」

郁夫が言った。しかし浅倉は何も言わずに三人を見送った。

郁夫は、三人でもっと速く走ればよかったと少し後悔した。浅倉の見下したような目つきが嫌だった。

グラウンドをほぼ一周したところがゴールだった。先にゴールした生徒たちがあちこちに立って、遅れて走ってくる者を迎え、中にははやし立てたりする者もいた。

「もっと速く、頑張ってえ」

不意に女生徒が一人、マラソンコースの縁まで出てきて手を振って叫んだ。三人と同じクラスの島田美代子《しまだみよこ》である。もうとっくに運動着を普段の通学服に着替えた姿だ。

「何してんの……。ビリになっちゃうよお」

彼女はいかにも悔しそうに、髪が乱れて顔に掛かるのも構わず必死に叫んでいた。白い頬が輝いて見え、その彼女の顔を見ているうちに、郁夫は、以前将也が美代子をチャーミングだと言ったのを思い出した。

そのとき将也が何か一声叫んだかと思うと、島田美代子の方に走り寄っていった。そして彼女に向かって何やらしきりと言い訳でもしている様子だ。

「先に行っちゃおうぜ」

卓治が言い、郁夫も少しスピードを上げて校庭を走っていった。

ゴールの近くに、校舎を背にして担任教師の田山が立ち、例のごとく顔を真っ赤にしてこちらを見ていた。近づいたところで卓治と郁夫がもう一度田山を見ると、その顔は笑っているように見えた。少し遅れて将也がゴールインするのを見届けるようにして、田山は校舎の中に入っていった。

ゴールしたところで卓治が、憮然とした様子ですぐに言った。

「デンさんの奴、あんなところで見張ってやがった」

「これから職員室に行って、どうして俺たちのことをあんなところで見張っていたんですかって、デンの奴に訊いてやろうぜ」

将也がけしかけるように言ったが、卓治はただ笑うだけで取り合わず、

「いいさ。好きなようにやってくれ、担任なんだから……」

と、意外なほど平気な顔をしていた。


郁夫は、どう見ても担任の田山との関係が最悪としか思えない二人のやりとりを、少しはらはらする思いで聞いていた。

三沢卓治はその後、一年浪人してから夜間の大学の工学部に通うようになるが、そうなってからこのころのことを振り返ったとき、郁夫にこう言ったのである。

「デンさんは俺のことを何でもうるさく言ったが、結局それだけで放っておいてくれたんだ。それで俺は、かえって救われたんだと思うよ」

マラソン大会が済んだその日の午後は、恒例によりフォークダンスの集いが行なわれた。

郁夫は、マラソンを走りきった後のすがすがしさに酔うような気分で、何だかフォークダンスにも出てみたくなった。踊り方の分からない曲もあったが、いつもに似ず引っ込み思案の気分も消えていた。

卓治はフォークダンスには気乗りせず、汗に汚れた体育着を押し込んだ布鞄《ぬのかばん》を持って帰りかけたが、将也に呼び止められた。

「付き合ってくれよ。お前らと一緒じゃないと、フォークダンスなんて出られねえよ」

珍しく将也が弱気な言い方をした。彼が実は美代子が目当てなのは明らかだった。

「しょうがねえ、付き合ってやるか」

吹き出しそうな顔をして卓治が言った。

「枯れ木も山の賑わいと言うしな。助け船にはならないけど」

郁夫も将也に言った。

「言うなあ、お前も……」

将也が顔を赤くして郁夫に言ったので、三人は愉快そうに笑った。

実際のところ、マラソンを走り終わって通学服に着替えた美代子が、なぜわざわざグラウンドに出てきて三人を励まそうとしたのか、郁夫も気になってはいたのだ。だが、三人のうちの誰かを特に目当てにしていたというより、純真で運動の好きな美代子がクラス全体の成績を気にして、思わず応援に出てきたのだと考えるのが自然だろう。最後に一人一人の順位を点数に換算してクラスの総合順位も競うようにするのが、マラソン大会のやり方だからだ。

三人が服を着替えてグラウンドに出ると、先程のマラソンのときの乾いた感触とも違って、黒い土が運動靴にしっくりと馴染んで心地よかった。午後の斜めの日射しの中で、時折思い出したように吹いてくる冷たい風が爽やかだ。

スピーカーから曲が流れてフォークダンスが始まると、初めのうちは消極的になっていた者たちも次第に皆の輪の中に入ってきて、全体の雰囲気も盛り上がっていった。

将也は始終にこにこして美代子と手を組み、しきりと彼女に踊り方を教わろうとしていた。踊りながら次々と人が巡り相手が代わってゆくときも、彼は人を押しのけて強引に美代子と組もうとさえした。しかしそういう将也の様子には嫌みがなく、むしろ、明朗で動きのよいスポーツマンらしさが感じられた。郁夫は将也にはかなわないと思った。

郁夫が美代子と手を組んだことも何度かあった。その何度目かのとき、美代子が彼に言った。

「杉田君、もっとちゃんと覚えればいいのに……。意外と上手になるわよ、きっと」

くりくりした丸い目が郁夫に笑いかけていた。彼は「意外と上手」と言われたのがうれしかった。今日はいつになく体もよく動き、彼の気分は上々だった。

「三沢君て、ダンスにはあまり興味ないみたいね。何だか、やる気なく付き合っているみたい……」

美代子は卓治の方を見て声を低めて言い、楽しげにくすりと笑った。

「中本は、どう？」

郁夫は思わず彼女に訊いた。

「中本君は、ダンスなんて、どうでもいいんじゃないの？」

そう言って美代子は怒ったような顔をした。郁夫は何だかどきりとさせられる思いがした。このことをあとで将也に話そうかと思ったが、結局話さずじまいになった。


年が改まり春になって、二年生の一年間が終わりに近づくと、卒業後の進路の問題が重くのし掛かってきた。

卓治の遅刻は直らず、むしろ癖になったようだったが、勉強に力が入ってきているのは郁夫にも分かった。卓治は彼に向かって、大学の工学部に進むとはっきり言った。

将也と三人で帰ろうとして校門まで歩く道で、いつまでもはっきりしない郁夫に二人が代わる代わる聞いた。

「大学では文学部に行こうかなあと……」

とうとう苦し紛れのように郁夫が言った。

「文学部か……、なるほどな」

卓治が言うと、将也も、

「そうだ、おまえは文学部だ。もうそれで決めちゃえよ」

「うん、親父も大学には行って欲しいらしいから……」

郁夫は自信なさそうにつぶやいた。

「親父のために行く訳じゃないだろうが……。おい、しっかり頼むぜ、杉田」

卓治が郁夫の肩を叩いて言った。

大学に行くとしたら授業料の安い国立大学に行くしかない、と郁夫は思うが、そんなことを口に出す勇気はなかった。それを卓治も将也も察していると思うからよけい辛かった。

「お前は奥手だな」

将也が言うと、郁夫は思わず顔を赤らめて、

「そうか、奥手か。それなら、これからやればいいんだ。俺だってその気はある」

わざと意地を張ってふざけた言い方をするので、将也と卓治が顔を見合わせて笑った。

将也はすでに、高校を出たら就職すると決めていた。将也がそう決めてから随分明るくなったのを、卓治も郁夫も感じていた。濁った暗い表情が消えて、顔つきがすっきりしてきたように見えた。

郁夫は英語を何とかしなければならないと思いながら、やればやるほど砂を噛むような

英語の勉強に、彼はしばしば悲鳴を上げた。それを言うと卓治がせせら笑うので、「なにくそ」と思ったが、不得意科目を克服する道は険しかったのだ。

その卓治は理科と数学の問題を懸命にこなしていたが、自分の進路の問題についてはまったく親と断絶したままでいた。

「一言ぐらい、何か言っておいた方がいいんじゃないか」

三年生になってしばらくしてから、心配になって郁夫が言うと、

「うん、まあな……」

卓治は例によってはぐらかしたが、数日経つと、彼ははにかんだような笑顔を見せて郁夫にこう言った。

「親父に一言、大学の二部に行くって、言ってやったよ」

「二部に行くって？　でも工学部で、三沢が行けるような大学があるのかな……」

郁夫が驚いて卓治の顔を見た。すると卓治は微笑んで、

「おまえの親父さんが夜学の教員をしてるって言ったじゃないか」

「でもあれは高校の夜学だ。大学なんて……」

「それがあるんだよ。しかも公立だぜ。探せばあるもんだなと思ってな」

卓治は満足げな笑いを浮かべていた。

卓治が親の世話にならないで大学に行く覚悟でいることは、郁夫も分かっているつもりだった。家業が左前になりかけたという、卓治の家の事情も考えない訳にはいかないとすれば、授業料の安い公立大学に越したことはないだろう。

「公立か。それはすごいな。でもそこへ入れそうなのか?」

郁夫は思わずそう訊かずにいられなかった。

「それは受けてみなければ分からんがね……。でも、なんとかなるだろうさ」

そうは言いながらも卓治の顔色は曇ったままだった。

「親なんて、いざとなると、頼りにならないもんだよな」

卓治は空を仰いで、さも実感したように言ってから、

「お前の親は別だろうけど……」

と付け足すのを忘れなかった。

「俺の親だって、そんなに金なんかないよ」

郁夫は不満げに言った。

「そりゃ、まあそうだけどさ」

卓治はおかしそうに笑った。

卓治はこのとき、親や兄たちと折り合えぬまま、来春の大学受験を諦めようとしていた。そして一年間勉強をして都立大学の二部に行くことを考えていたのであった。

三年のクラスの担任は増谷という年輩の教師で、初めのうちはどの生徒に対してもいつも同じような顔一杯の笑顔を向けてきた。最初のホームルームで増谷は、

「わたしはこの三月まで女学校で英語を教えていました。本校に来ていきなり三年生の担任になりますが、卒業を控えた皆さん一人一人を大事に見守っていくつもりです」

と言って自己紹介をした。

そうして女学校のときに担任したクラスで皆が回したノートだと言って、臙脂色のカバーの分厚いノートを見せ、皆もこのノートを読んで後ろのページに書きたいことを書いてほしいと熱心に勧めた。

早速その臙脂のノートがクラス内で回し読みされ、中には早速何か書き添えた者もいた。

郁夫は他校の三年生の思いが書かれていると聞いて、興味を持ってそのノートを開いて

みた。筆者は皆女子で、ところどころに増谷らしい教師の書き込みがある。幾つか読むうちに郁夫は、女生徒らしい追従が目に付くようでじきに嫌になった。彼には急に増谷という教師が偽善的に見えてきた。

増谷は、ホームルームの時間になる度にそのノートのことを話題にした。だが郁夫は、そのノートに自分のことを書く気がしなかった。何だかひどく無駄なことを要求されているような気がしたのだ。そういう郁夫をどう考えたのか、増谷は郁夫に何度も書くことを勧めに来た。郁夫は少々意固地になって、増谷の前でノートを無視しようとさえした。それで増谷は郁夫に向かって笑いかけるのも止めてしまった。

「あんなノートは適当に書いておけばいいんだよ」

卓治は、自分では増谷のノートなど見向きもしないくせに、郁夫にそう言った。

将也は、

「俺は、どの文章もきれいですねとか、とにかく思いつきで書いておいたよ」

と言って笑うのだった。

結局、ノートが回り出して一カ月もしないうちに、それは教室から姿を消してしまった。ある日の放課後に不意に増谷が教室にやって来て、誰かの机の上に放り出されたままの膩脂のノートを見つけ、黙って持ち去ったのだという。

だが、郁夫が自分で日記風に家で書くノートを作るようになったのは、そのノートの一件がきっかけになったのは間違いないことで、それは彼のみ知ることであった。

夏が過ぎると、ようやく大学受験の勉強にも熱心に取り組み始めた郁夫であったが、学校では、授業を「サボる」ということにほとんど苦痛を感じなくなった。教師の多くからまともに相手にされていない感じがしたし、毎日の授業に出ること自体が無意味のように思われてならなかった。卓治も将也も似たような気分に囚われていて、彼らはときどき気晴らしに授業をさぼることによって精神の平衡を得ていたのだ。

学校のグラウンドの南の端には土を盛った土手があって、校舎と反対側の、南を向いた緩やかな斜面の下は広々とした畑になっていた。土手の上にはツツジや茶の木のような低木が並び、斜面に寝ころぶと、校舎からはほとんど見えなくなるのだった。それでその土手を「なまこ山」とも言った。「なまこ」とは「怠けっ子」のことかとも、「ナマコのような者」のことかとも言われた。ともかく、真夏は別として、その土手に寝そべって授業を怠ける者がときどきいたのだ。その多くは三年生だったらしい。教師たちが表だってそれをうるさく注意しないのは不思議なほどだった。

三年生になってから郁夫も、ときどき授業を抜け出てなまこ山に寝ころんで過ごした。最初に彼を誘ったのは将也で、卓治は二年のときにすでにそれを経験していたが、そのころは郁夫を誘うのを辞めたのだと言った。

秋のある日、選択科目で一緒だった卓治と郁夫が、午後の授業を抜けてなまこ山に寝ころんでいた。

「ああ、こんな学校、早く卒業したいよ」

吸い込まれるような群青の空を見つめながら卓治が言った。

「うん、そうだな……」

郁夫はそう言いながら、自分がまだ卓治のように、これから先のことをしっかり考えていないことを思った。何事も起こらぬような現状に囚われ、何かしら割り切れない気持ちで悶々としている自分を何とかしたいと思い続けていた。周囲の仲間の明るい雰囲気に救われながらも、重い足枷を引きずっているような感じで、鬱屈していることが多かったのだ。

やがて放課のチャイムが鳴り、二人は校舎に戻ることにした。

目立たないように土手の南側の斜面を、二人が腰をかがめるようにして歩いてゆくと、ツツジの陰に仰向けに寝ころんだ女子生徒の半身が見えた。

首を伸ばして顔の方を見ると、島田美代子であった。三年生になってから美代子は卓治たち三人とは別のクラスになっていた。

卓治はすぐに近寄っていって、

「おい、どうした？」

と声をかけた。

その声に、親しい者にそっと声をかけるような響きがあったので、郁夫は驚いた。

美代子はとっくに二人がやって来たことに気付いていたらしく、薄目を開けて見たが、

「うん……。いいの……」

鬱陶《うっとう》しそうに言い、両手で顔を覆った。

卓治は困ったような顔をして立ち去りかねていた。すると美代子がようやく半身を起こした。

「大丈夫……。ごめんね」

けだるそうな細い目が、ぼんやりと二人を見た。

あのくりくりとした丸い目はどうしたんだろう。郁夫は思わず美代子の顔に見入った。

郁夫が知っている美代子はもっと明るい感じだった。クラスが別れてしばらく見ない間に、彼女は変わってしまったのか。前よりいっそう色が白くなったし、髪も長く伸ばしているのだが——。

「こいつめ、元気を出せよ」

卓治がわざとけなすように言った。

「うん……。二人とも大学に行くんでしょ？　頑張ってね」

ようやく美代子の目が光を発し始めて、それは卓治を見つめていた。

「お前も、頑張れよな……」

卓治はそう言うと、ゆっくりした仕草で美代子に向かって小さく手を振った。美代子がかすかに微笑んだようだった。

それから卓治と郁夫は、美代子をそのままにしてなまこ山を下り、グラウンドの端を校舎に向かっていった。下校し始めた生徒たちが続々と、砂利道を校門に向かって歩いていくのが見えた。

「あいつ、卒業しても大学に行けなくなったらしい。多分、どこかに就職するんだろう」

卓治が美代子のことを言った。

「どうして？」

「親が離婚したんだってさ」

「そうか……。そんな話、島田さんから聞いたのか？」

「うん……。いや、あいつもよくさぼってるんだよ、このごろ、特に……。それでなまこ山で俺と会ったりしてて、あいつからそんな話を聞いたんだ」

親や家庭の抱えた事情によって将来が歪められてしまうという、いくらか共通した苦悩を持った卓治と美代子が、なまこ山の向こう側で互いのことをひそひそ話し合う場面を、郁夫は想像した。そうして、先程二人が「頑張って」と言い合っていたのは、単なる挨拶ではなかったのだと思った。

「杉田なんか、恵まれている方なんだぜ」

卓治がぽつんと言った。

郁夫は一言もなく、ただ小さくうなずいただけだった。

三年目の秋がたちまち、味気なく過ぎようとしていた。

郁夫は大学入試のアチーブメントテストを受けてみたが、その結果を見てもまるで歯が立たない感じだった。やはり英語が駄目なのだと自覚させられた。彼は親の懐具合も考慮して受験先を絞り、入学試験に失敗するのも覚悟しなければならなかった。

郁夫が担任の増谷にその悩みの一端を話すと、増谷はただ「ふんふん」とうなずいて聞き、表面的な助言を幾つか並べただけだった。

その担任との短い面談を終えて、郁夫が一人で昇降口から外に出ると、日が西に落ちかかっていて、放課後の校庭はひっそりとしていた。校門に至る砂利道を歩く間も、彼は身の細るような寒々とした気持ちに襲われ続けた。

これから先を思えば、やがて来る冬を越え、春を迎えるとはいいながら、その間を通して受験勉強をし、大学入試を受け、そしてその先にあるのは多分浪人生活なのだ。そういう彼を両親がどこまで分かってくれるか。郁夫にはそんな不安も湧き上がっていた。

砂利道を中ほどまで行ったとき、向こうから灰色のコートを着た教師が一人、急ぎ足でやって来るのに出会った。出張先から戻ってきたのかも知れない。藤田という国語の教師で、郁夫は彼の授業を受けたことはなかったが、藤田が短歌を作る人でもあることを知っていた。まだ一年生の郁夫が職員室に立たされたあの日、真剣な目をして郁夫を見、教室に帰るようにと言った教師であった。

藤田が近づくと、郁夫は立ち止まって挨拶をした。

「先生、さようなら……」

藤田も立ち止まりかけて、郁夫の顔を見、

「ああ、君、頑張りなさいね。さようなら」

と答えた。その黒い大きな目が、彼に向かって微笑んでいたような気がした。

「はい」

郁夫は返事をし、もう一度頭を下げてから藤田とすれ違った。

校門の鉄扉の手前で、郁夫は立ち止まって振り返ってみた。藤田の後ろ姿はもう見えなかったが、彼が入学したころに比べると随分生長した銀杏の若木が、ゆさゆさと揺れるほどの葉を付けて秋の夕日を受け、金色に輝いて並んでいた。その背後に、真っ黒な土のグラウンドが広がっているのも見通せた。

その瞬間郁夫は、ラグビーや野球に沸き返った皆の声が聞こえ、フォークダンスの曲が流れるのを感じた。

体の向きを元に戻すと、彼は前より足を速めて校門を出ていった。

（了）

雄々しき時の流れの中で

[議論]

倉田達夫《くらたたつお》が大学の前の道路を突っ切って向かいの土手の上に出ると、桜の若葉を揺らせて爽やかな風が吹いていた。ところどころに松や楓もあって、どの木も植えてから数年という感じの若い木だから、どこに立っても目を上げると細い枝先の向こうに真っ青な初夏の空が見えた。

そこは道路と壕の間にある細長く伸びた公園で、その中ほどに設けられた遊歩道を行くと、左右どちらに行っても十分足らずで電車の駅に出る。その二つの駅を結ぶ線路が公園の崖下を走っているわけだが、公園の遊歩道にいると鉄道の線路はほとんど見えず、水をたたえた壕とその向こう岸に広がる街が目に入る。

達夫は若い木々に彩られた遊歩道を右手に向かい、壕の濃緑色に淀んだ水とその向こうの街の白々とした連なりを左に眺めながら歩いた。

遊歩道の尽きたところで公園を出てバスの通る道路を渡ると駅舎があり、その並びに「純喫茶マイアミ」という看板を掲げた店がある。達夫が入っていくと、広い店内のいつものコーナーに、長テーブルをつないで二十人近い仲間がひしめいていた。

達夫の姿を認めた吉見誠《よしみまこと》が手をあげて彼を招いた。吉見は臙脂の縁の眼鏡をかけた血色のいい顔をして、達夫をからかうように言った。

「授業はどうだった、収穫があったかい？」

「うん、まあね」

達夫は一応照れ笑いを見せながら空いている椅子に座った。

「真面目だなあ、倉田は」

吉見がなおも笑いながら言うと、その近くにいた高森定雄《たかもりさだお》が、

「今日はまだやっている授業があったのか。なんだい、そりゃあ……」

と例によってわざととぼけた言い方をし、他の者たちが一様に低く笑った。

高森は達夫たちと同じくH大学の文学部二年生に在籍しているが、年齢は五つほど上で一目置かれた存在でもあった。政党の職員をしていた経験もあり、大学に入る前に結婚もしているのだが、普段はそれらのことをあまり口にしたがらない。

「俺も出る講座はあったけど、おちおち出てもいられない気がしてさあ……」

と高森の横で中野泰《なかのやすし》が言った。中野は高森と同郷で、歳は大分下だが二人連れでいることが多い。

達夫は、自分だけが別物扱いにされているような気がして我慢ならなかった。

「俺は明日のデモには出ようと思っているし、みんなの話も聞きたいと思うからここに来たんだ」

「そうだろうさ、分かっているよ」

吉見がそう言って、ようやくいつもの親しげな笑顔を見せた。向こうの方で松下真一《まつしたしんいち》が、太い黒縁の眼鏡をかけた精悍な顔つきで大きくうなずいていたのも、達夫には分かった。松下は達夫の同級生の中でリーダー的な存在で、今日の集まりの中心でもあったのだ。

達夫が出席した授業というのは「出版文化論」という講座で、講師は実際に出版社の経営をした経験のある人だった。いかにも一徹な信念の持ち主らしく、ノートを前に置いて訥々《とつとつ》として語るその老年の講師に、達夫は何となく魅力さえ感じていたし、講義の内容も随所に興味深いものがあったのだ。

そのとき、達夫の向かい側の席にいた海藤《かいどう》トシエが不意に声を上げた。

「でも、学生なんだから授業に出るのは当たり前でしょ？　私は午後が空きになっていたから、早めにここへ来ただけだけど」

彼女はおかっぱ頭のようにあっさりとした髪型をし、まだ高校生かと思わせるような明るいつぶらな瞳の持ち主で、ときどきこんなふうなきまじめな反論をする。

「まあ、人それぞれでいいさ」

吉見が苦笑してうなずきかけたとき、背もたれに寄りかかっていた松下が体を起こし、手にしていた煙草の吸いかけを灰皿に押しつけて言った。

「いや、しかし今日は、人それぞれだ、なんて言ってる場合じゃない、ということもあると思うんだよ」

松下の顔は笑っていたが、眼鏡の奥の細い目が鋭く光っていた。彼の脇には恋人の篠田《しのだ》君枝《きみえ》が座っていて、真剣な表情で松下の言葉に合わせてしきりとうなずいている。

「俺たちはさあ、なんて言うか、ただ勉強していればいいというもんじゃないと思うんだ。さっきも言ったようになあ、この国がどうなっているのか、これからどうなっていくのか、そういう問題に敏感になるべきなんだよ。そうでなかったら大学出たって、ただ資本家に使われる人間になるだけじゃないか」

松下は皆の顔を見回した。彼はこういう場合に意識的に演説口調を避けて、話しかけるような口調で言おうとする。

すると、松下と反対側の隅の席にいた男が鋭い声を上げた。

「そうそう、そういうことなんだな。要するに前衛としての意識を明確に持つっていうこと、それが俺たち学生としては重要なんだ」

その男が迫村二郎《さこむらじろう》であったので達夫は驚いた。迫村と並んで座っている二人の男も彼の仲間に違いなく、昼に学生食堂で、吉見が達夫に「今日はいろいろ来るらしいぞ」と耳打ちしたことの意味が分かった。

迫村二郎は去年の秋、学生のデモ隊が「国会突入」をして世間を驚かせたとき、その先頭集団にいて警官隊と揉み合ったらしく、後日、当時一年生の達夫のクラスでも評判になった。以来校門付近でビラを配ったりしている迫村の姿を達夫もよく見かけたし、普段の授業で会うことはなくても学生集会やデモ行進のある日には大抵目にする顔だった。髪を短く刈り上げた迫村の顔は日焼けして浅黒く、目がいつも鋭く光っているような印象があった。

今、日本政府とアメリカ政府との間にある「日米安全保障条約」改定の問題に関して、新条約成立を目指す政府の強引なやり方に反対する運動は全国的な広がりを見せているが、その中でも、個々の大学を拠点として組織されたいわゆる「全学連」の動きが最も尖鋭であった。「国会突入」も、漫然として見える大衆的な政治運動に突破口をつけようとした、学生ならではの発想によるものだった。しかしそれはあまりに過激だとして反発の声が強まり、全学連は世間の批判を浴びた。そのために、学生運動は気勢をそがれたような状況に陥った。そうして学生運動内部で、全学連主流派に対する反主流派ともいうべき活動が急速に活発化し拡大して、それぞれの大学で新たな勢力争いが起こっていた。

それは達夫の周囲でも目覚ましい動きとなって現れていた。迫村二郎たちは自分のクラス内に主流派の同調者を広げようと躍起になっていたし、松下真一らは主流派に反対する新たな勢力として支持を得る活動を強めていた。だから松下と迫村は真っ向から対立する立場でもあったのだ。

松下の発言に向かって口出しをした迫村は、皆の目が自分に注がれているのを知るとすぐに言葉を続けた。

「学生の特権というのは、労働者階級よりも先頭に立って純粋な立場で戦えるっていうことなんだ。そのために学生は常に先鋭な意識を持たなければならないし、また学生こそ、それが可能だっていうことを知るべきなんだ」

「とにかくさあ」

と松下が感情を抑えた硬い表情になって、迫村を遮った。

「我々がこうやって集まって討論しようとする気持ちが、今は重要なんだ。日米安保の問題と本気になって取り組もうとするからこそだろう。学生として、社会的な連帯をどう構築していくか、それは徹底して討論すべきだし、俺たちにできることをどんどん進めるべきじゃないか」

「だからさあ」

と迫村がまた割り込んだ。

「今の情勢を考えたら、授業なんてやっていられないという奴がいても当然なんだ。俺たち学生は今こそ行動すべきなんだ。世間の批判なんて気にしていたら何も進まない。そんなものは突破していかなきゃならないんだ」

「俺もそういうことは考えるけど……」

達夫の隣で、不意に朝田謙治《あさだけんじ》が言った。朝田は吉見とともに普段から達夫と親しく、口数の少ない男だが割合ものをはっきり言うところがあった。

「ただ、どう行動するか、それが問題だと思う。他のいろんな人や組織と繋がる、社会的な連帯というのは絶対に必要なことだから」

朝田の言い方は明らかに迫村たちに対する批判を含んでいた。ほとんどの者が彼に向かってうなずいていた。

「猪突猛進みたいなことをやったんじゃ、あとが続かないからな」

すぐに高森定雄が朝田に同調して皮肉な言い方を付け加えた。

すると迫村が顔色を変えて反駁した。

「我々がどう行動するかということは、どう現状を突破し、どう反撃するかということ以外にない。体制側に組み込まれたマスコミ報道なんかを信じて、良識だ何だと言っていたら、それこそ大きな間違いだ。俺らはそれを見破り、叩きつぶすことも必要なんだぜ」

迫村は激しい口調で言い寄った。高森は相手にせずといわんばかりにそっぽを向いた。

すると迫村の脇の二人がすぐ引き取って迫村同様の主張を交互にまくし立てた。他の者が異議を挟もうとしても、彼らは言葉尻を捉えてたちまち話を奪い取ってしまうのだった。皆しばらくの間は圧倒されて黙った。

そのとき、何かしら別の風が吹いたかのように感じてみんな顔を上げた。

「あ、見つけたあ、今何を話してるのお？」

甲高い声が響き、入り口の方から野沢夏美《のざわなつみ》がくりくりした目を輝かせて近づいてきた。

「おい、せっかく来たんだから君もここへ座ってしゃべれよ」

高森が砕けた調子で声をかけた。

「明日のデモのことお？」

野沢夏美はそう言って丸い目をいっそう丸くしてみんなを見回し、迫村一郎と目が合うと急にきつい顔になって、

「いいよ、わたしは。今日はちょっと用があるから帰る」

迫村は顔を赤くして彼女から目を逸らした。

「なんだい、もう行っちまうのか。少しは落ち着いたらどうだい？」

吉見が呆れたと言わんばかりに叫んだ。

すると野沢はいらいらした表情を見せて、

「うん、でも行くよ。嫌な奴がいるからここにいたくないの」

みんなが呆気に取られるほどはっきり言ってのけると、一度テーブルの上に置きかけた

手提げ鞄をまた抱えた。行きかけてまた振り返り、

「高森さん、あとでちょっと来てよねっ」

相手の返事も確かめずに、彼女はさっさと店を出ていった。

「来てよねって、一体どこへ来いって言うんだい」

高森はみんなの手前とぼけて見せて、ひとりで笑っていた。

野沢夏美はなかなかの読書家だが野放図なところがあって、それがまた魅力でもあった。そういう野沢が、最近は全学連の中でも主流派に急接近していることも周知のことであったのだ。それが、どうやら迫村と何か揉め事を起こしたらしい、と今目の前にした光景に皆驚いていた。その上彼女が、反主流派として信念の固い高森定雄を個人的には何かと頼りにしているとしたら、事態はどうなるのか、と達夫もはらはらする思いに駆られるような気分だった。

野沢夏美が姿を消すと、気まずい雰囲気を自ら吹き飛ばそうとしてか、すぐに迫村は先刻の議論を蒸し返し始めた。達夫はその神経の強さに思わず目を見張った。

しかしそのあとの議論は迫村側が劣勢になるばかりだった。とうとう彼は新たな同調者も得られないまま憤懣やるかたないという表情を見せて立ち上がると、捨てぜりふも言わ

ずに他の二人とともにさっさと店を出ていってしまった。

　迫村らがいなくなると、松下真一はこのときを待っていたとばかりに言うのだった。

「俺たちは、今これだけまとまってきたんだから、行動を起こすべきだと思うんだ。社会学部は久慈さんが中心になって、もう組織的に動き出しているから、俺たちも文学部自治会の新しい動きとして、みんな一緒にやろうよ」

　松下は皆を見回して強い視線を送った。彼は文学部自治会にクラス代表委員として出ているので、そのリーダーシップを発揮してクラスの支持を得て、文学部を全学連「反主流派」として旗印を鮮明にしたいのだ。そのために高森定雄ら何人かと話をして、当面の協力を得る約束をしていた。その「小手調べ」の集まりを何人かに呼びかけたのだが、それを聞きつけた迫村らが勝手にやって来たのは、松下にしてみれば殴り込みをかけられたも同然だったのだ。

　それを裏付けるように、松下に続けて高森が言った。

「俺たちは分派活動をするわけではない。それをはっきりさせておく必要があると思う。文学部は自治会のもとに結集するということが重要だ。ただ他学部の様子を見ると、文学部はまず社会学部と連携するというのは賢明だ。そういうことで、俺も松下に賛成する」

高森定雄は決して表面には出てこないが、全学連の活動家たちのある部分と密接に繋がっていそうなことを、達夫も薄々感じ取っていた。文学部自治会の動きも、高森は独自に掴んでいるらしかった。

今はどんなデモ行進であろうと皆「安保反対」「岸を倒せ」と叫ぶが、学生運動自体は去年の秋以来、その内部で様々な変化の渦を生じさせていた。大学構内では日々様々なアジビラが撒かれ、新しい活動家のアジ演説で騒がしいほどだ。大体は主流派か反主流派に分けられるようで、様々な形での両派の激しい主導権争いが止まるところを知らないようにも見えた。その熱気はすさまじいほどだが、達夫はそれらをどう判断したらよいのか分からないまま、当面は松下や高森らの動きに注目するつもりでいた。

その点で、松下真一の言った社会学部の久慈稔《くじみのる》という男には、達夫も強い印象を持っていた。久慈は、全学連主流派の突出した行動に対する批判が広がる中で、反主流派の動きに乗って姿を見せるようになった男で、達夫は大学構内で二、三度その演説を聞いてみたことがある。久慈稔はざんばら髪に一見茫洋とした感じの丸顔で、声は柔らかみがあって落ち着いた話し方をした。いわゆる活動家タイプと違う雰囲気を持ち、他の殊更激しい調子でがなり立てる演説に比べると説得力もあった。

松下や高森の意見に対して、座の大方は異論のない様子だった。そこで達夫は何か一つ言いたくなった。

「運動の過程でいろいろ意見が出たり議論するのは当然だけど、すぐ主導権争いになるのはどうしてなのかと思う。それこそ分裂するばかりで、学生運動は弱体化するだけじゃないのか。そんなのは敵の思う壺だろうと思うんだけど……」

普段松下の前では言いにくかったことをはっきり言って、達夫は顔を赤らめて口をつぐんだ。彼は、「敵」などという言い方も滅多に口にしたことがなかったのだ。

松下は他の反応を見るように周囲に顔を向け、高森はただにやにやと笑っていた。すると、海藤トシエが急に元気づいたように顔を上げて言った。

「わたしも、学生の運動が主導権争いに明け暮れするのはよくないと思うわ。わたしたちの目的がそんなふうに別れてしまっていいはずがないでしょう」

達夫の口籠もったような言い方が、かえって他の者たちに発言を促すことになったようで、海藤に続いて様々な発言が続き、座は大いに賑やかになった。

しかし松下も高森もそれらを議論として高める意図はなく、一つの方向で皆が活気づけばこの場は十分と考えていたのだ。今日はまず、この場から主流派の迫村らを闖《ちん》入者同然にして追い出すことに成功したのだから、クラスのリーダーとしてこれ以上ない成果を得たとも言えるのだった。

外が暗くなったころ散会となって喫茶店を出ると、松下真一はあっという間に篠田君枝と二人でどこかへ消え去った。

達夫はいつもの仲間と一緒に近くの中華料理店に入った。まずは空腹を見たそうと皆で「餃子ライス」を注文した。さほど広くもない店内には他にも客がいたが、それもどうやら同じH大学の学生らしかった。

「やっぱりビールを飲もうよ」

高森定雄がこらえきれないとでも言うように叫ぶと、皆うれしそうに笑い出した。

注文を待っていたかのように、すぐに店員が数本のビールを運んできた。

ひと渡りビールを飲んだところで、市村隆則《いちむらたかのり》が立ち上がった。早くも血の気の上った赤い顔だ。彼は喫茶店「マイアミ」にいる間も時折大声で笑ったり合いの手を入れたりしていたが、大して意見らしいことも言ってはいない。

「よし、みんな、インターナショナルの歌をやろう」

大柄でスポーツマンらしくがっしりとした体つきの市村は、いつも飲み屋に入ると人一倍元気になり、真っ先に労働歌を歌ったりするのだ。

「おー。さあ立って歌おうぜ」

吉見誠が応じて皆を促した。

十人ほどのものがテーブルを囲んで立ち肩を組んで、市村の大声に合わせて「インターナショナル賛歌」を歌った。店内の向こう側にいた数人が、手拍子を合わせて一緒に歌っていた。店員は黙って立って見ているだけだった。

歌い終わって腰を下ろすと、吉見が言った。

「明日のデモは相当遅くまでやるんじゃないか？　俺はバイトがあるから駄目だなあ」

達夫も明日はアルバイトに行く日だったが、デモ行進に参加することを優先するつもりでいた。それが「国民会議」主催のデモ行進であり、全学連もその一翼を担う組織として参加する形になっているからだ。学生たちの中にも、そのデモに参加しようとする盛り上がりがあるのも確かだった。だが、バイトを優先したい吉見の気持ちも達大にはよく分かる。達夫は、自分の方が吉見より恵まれていると思うことがよくあるのだった。

「主流派が焦って跳ね上がると、何をやるか分からんからな」

と高森が、吉見をわざとからかうような意地悪い言い方をして笑った。

「俺はそんなことは気にしちゃいないさ。今更何を言うんだい」

吉見がむきになって言った。

すると朝田謙治が、

「主流派の跳ね上がりがあるからって、知らん顔して勝手に解散したりはできないだろう。やるんならみんなで国会を取り囲むべきだよ」

と、まるで主流派に同調するようなことを言い出した。そこで達夫が言った。

「やるんならと言っても、やりたいからやるんだと言って勝手にやっても駄目だろう。みんながその気になって盛り上がったところでやるんならいいが、何のためにやるんだかよく分からないまま感情的になって、突出して、それで満足するのかっていう……」

彼は自分の考えを言おうとしたが、うまく言えない気がしてそのまま口をつぐんだ。

「何の話だっけ？」

と高森がとぼけて見せ、吹き出すような笑いがあちこちに起こった。

達夫は、朝田謙治の考え方が最近急速に変わってきたことを思った。去年秋の全学連の国会突入以来、朝田は激しいデモに闘志を燃やすようなことを言うようになったのだ。吉見誠も、朝田に調子を合わせるようなことを言うことがある。しかしその朝田も、目的のためには手段を選ばないような主張をする迫村二郎らの仲間は嫌いだから、先刻の喫茶店では言いたいことも抑えていたのだろう、と達夫は察していた。

そのとき高森が朝田に向かって言った。

「俺たちの参加するのは国会に対する請願デモなんだから、予定したコースをデモ行進して国会に行って、最後に流れ解散ということになるんだよ」

「だからお焼香デモなんて言われるんだ」

朝田は高森に対する反発を隠さなかった。彼は「お焼香デモ」という批判を腹に据えかねていて、それを聞いた達夫も同感を示したことがある。

「だけど、大動員をかけて、それが盛り上がって連日国会に向かって数万の請願デモが押しかけたら、これはすごいもんだぜ」

高森は怯まずに言い返し、他の賛同を得ようとした。朝田も負けてはいなかった。

「それはそうかも知れないが、何とかして現状を打開しようとする行動を、主流派の跳ね上がりだとか言って突き放すのは、俺は絶対によくないと思う」

「しかし彼らとは議論にならんからなあ。どうするもこうするもないんだよ」

二人が言い合うのを他の者も真剣な顔で聞いていた。

高森の脇にいた中野泰が顔を上げて言った。

「迫村なんかは機動隊を倒して突き進むくらいでなければ駄目だと言っている。彼らは機動隊が敵だと思っているんだ。闘いの具体的な目標が機動隊なんだ」

それは達夫も迫村から直に聞いたことがあって、反論したかったがうまく言えなかった覚えがある。それを思い出して達夫が言った。

「迫村は第四機動隊を見ると闘争心が湧いてくるなんて言っていた。そんなふうに、暴力が暴力を生むような方向に行ってしまうのは間違いじゃないか。政治闘争は絶対に暴力闘争ではないはずだ。できるだけ多くの人に働きかけながら進めるべきだと思う」

皆の目が達夫に注がれているのを意識し、彼は少し面目を取り戻した気分だった。

すると吉見がすぐに言い返した。

「しかし君、革命は暴力だぜ」

「そうだ。革命の理想を目指す者が、闇雲に暴力を恐れるようでは話にならない」

朝田も達夫に向かって言った。

達夫はどう反論していいのか分からなかった。いったい「革命」が、この国の現在においてどれほど必要な課題なのか、彼にはそれが理解できない。その点では高森の言った、連日国会に向かって安保条約の破棄を求める「請願デモ」の方がよく分かるし、現実的な意味があると思うのだった。

達夫が思わず口籠もっていると、向こう側から海藤トシエと田岡幸恵《たおかさちえ》の声がした。

「革命って、暴力でしか実現できないのかしら？」

「わたしたち、革命を目指すなんてあまり意識していないけど……」

吉見と朝田は顔を見合わせ、すぐには言葉が出てこなかった。

その様子を見て高森が口を挟んだ。彼はいつになく真面目な顔になっていた。

「革命と言ったって、そんな暴力的な手段だけではないんだ。例えばねえ……」

高森は議会主義を例にとって説明を試みた。国会で多数を取れば制度を変え社会を変えることは可能なのだ。必ずしも暴力革命でなければならないことはない――高森の話は分かりやすく、達夫ももやもやしたものが晴れるような気がした。

もやしの味噌汁と餃子という取り合わせで食事があらかた済んだころ、高森が不意に腕時計を見て立ち上がった。

「先に失敬する。ちょっと野暮用でね」

彼はいつも手に持つ使い古しのような小型の鞄を振って見せ、中野泰の肩を軽くたたいて立ち去った。

「ちぇっ、あいつ、野沢さんのところへ行ったんじゃないのかな」

高森の後ろ姿を見送ると、吉見がわざとらしく悔しそうな顔をして見せた。中野はそれを肯定も否定もせずに、

「いやあ、彼はまめだよ、実に。仕事もあるんだろうけど、よく、あちこち世話して回るよなあ」

と、いかにも感心したような表情だった。朝田はうなずき、含み笑いをしながら、

「俺もそう思うよ。高森君は妻帯者だし、紳士だよ。吉見や俺たちとは違って信用があるんだよ」

「なんだい、俺が何したって言うんだ」

吉見が口を尖らせて言ったので、皆愉快そうに笑った。

野沢夏美の住む家はここの駅に近く、H大学からも歩いて十四、五分のところにある。庭の付いた古い借家で、野沢夏美は同じくH大学に通っている一つ下の妹と二人で暮らしているのだが、山梨の田舎から父親がときどきやって来て泊まるのだという。明朗活発ではきはきとものを言う彼女は学生間でなかなかの人気者でもあり、特に最近は迫村二郎始

め何人かの主流派学生が頻繁に彼女を訪ねてくるようになった。そうした中で既婚者でもある高森定雄が、いつの間にか彼女の相談相手のような存在になっているとしたら、高森は一体何を考えているのか、と誰でも気にせずにはいられないことだった。だがこれについては、高森がたまたま野沢夏美の父親と会い、父親から彼女に関して何か頼まれたのに違いない、というのが中野泰の見解で、とりあえず皆納得してはいたのだ。達夫も、確かに高森定雄にはそういう人情味もあると思った。

座が何となく白けてきた。

「もっとビールを飲もうぜ」

と市村が叫んだ。

「俺はそんなに金ないぞ」

「俺もだ」

吉見と中野が口々に言った。注文を聞きに来ようとした年若い女店員がその様子を見、遠慮してまた奥へ引っ込んでしまった。

それでその日の飲み会はおしまいになった。

［デモ行進］

朝、達夫が二時限目の授業の教室に行ってみると、朝田謙治もすでに来ていて、前回と同じくやや窓よりの席に座っていた。午後は荷下ろしのアルバイトがあると言っていた吉見誠の姿はないようだ。吉見はまだ下宿で寝ているに違いないと朝田が言った。

眼鏡を光らせた松井田《まついだ》教授が教壇に現れて、「近代日本文学論」の講義が始まったのは定刻を少し回ったときだった。松井田教授はマスコミ関係にも名の通った働き盛りの学者だけあって、血色もよく、小気味よい語り口で講義を進めていく。その颯爽《さっそう》とした姿はそれだけで魅力的でさえある。

だが教授の講義は十分ほど早めに終わり、その姿はあっという間にドアの向こうに消えた。達夫は何となく不満が残るのを感じた。第一回目の講義を聴いて感じた期待が少し裏切られたような気分だった。

「何もノートせずに終わってしまったよ」

達夫が思わず隣の朝田に漏らすと、朝田は「ふふん」と鼻を鳴らせて言った。

「学生が皆、外のデモに気を取られていると思っているんだろう。それも仕方ないか……」

気が付けば広い教室のあちこちで、午後の集会やデモ行進開始までの行動を打ち合わせる声がしていた。さっさと姿を消す学生もいたが、多くの者はそのまま教室に残っていて、いつもに似ず今日はある種の興奮に包まれていたのだ。

達夫と朝田は、同じ教室にいた海藤トシエや田岡幸恵と一緒になって地下の学生食堂へ行った。昼の時間になったのでカウンターの前は二重三重の行列ができ、「学食」は大いに賑わっていた。達夫たち四人が定食のトレイを抱えて空いていたテーブルに着くと、市村隆則ら数人が同様に定食のトレイを抱えて近くのテーブルに来て、スチールの椅子を引き寄せて座った。

「今日はみんな清水谷《しみずだに》に行くんだろう?」

市村がこちらを見て言うので、達夫が「そうだ」とうなずいて見せると、

「俺たちもそうしよう。清水谷の方がおもしろそうだよな」

市村はそう言って他の仲間とうなずき合い、野菜炒めの大盛り定食を手元に引き寄せた。

「わたし、今日はスラックスにしたわ。この方がいいと思って」

海藤トシエが言って隣の田岡幸恵を見た。そう言えば海藤のスラックス姿は珍しいと達夫も気が付いた。

「わたしも今日はスラックスよ。だってまたジグザグデモをやるんでしょ？」

田岡が言って朝田と達夫に目を向けた。

どちらかというと小柄な海藤トシエに比べ、大柄な田岡幸恵ははち切れんばかりの体つきで、明るい茶色のスラックス姿は健康的な魅力を感じさせる。

「今日は大いにやるさ。ジグザグになると激しいからなあ」

と朝田が言った。彼は最近特にデモ行進には熱が入っている方だ。

そこで達夫が、

「俺もジグザグデモは大いにやっていいと思うけど、何だかやりたがるばかりで、まるでジグザグのためにデモに行くみたいなのがいるなあ」

と呆れたような顔をして見せた。彼は市村ら何人かを意識して言ったのだが、そのとき隣席の彼らはすでに食事を終え、揃ってトレイを片づけに席を立ったあとだった。

するとの朝田は笑って言うのだった。

「でもやっぱり、思いっきり士気を高めてデモの勢いを示さなきゃな。とにかく君、熱烈なデモをしようというんだぜ。みんな熱烈に行進しなくちゃならないんだぜ」

熱烈というのはアジ演説で繰り返し使われる形容語だ。朝田に言われなくとも達夫とて、デモ行進に力を込める気持ちは引けを取らないつもりだった。

海藤トシエは黙っていたが、その顔はどことなく憂鬱そうでもあり、これから参加することになる「国会に向けた熱烈なデモ行進」を前にして、少し緊張しているようだった。

この日、学生たちは一斉に午後の授業を放棄して「全学集会」を行ない、その後は隊列を組んで路上に進み出て、「国民会議」主催の一般労働者のデモ行進に加わった形で国会議事堂に向かうことになっている。突出した行動でなく「大同団結」を実現し、全国的な規模の闘いに進めようとする雰囲気が、抑えがたい勢いで広がってきたのだ。達夫も、今朝の新聞で、国会周辺で予定されている集会やデモ行進のことを伝える大々的な記事を見て、いよいよその時が来たのだと思った。大学の学生仲間とともにその大きな行動に参加するということが、彼に言いようのない興奮を感じさせていた。

午後の学生集会が始まるころになると、学内の広場は瞬く間に学生たちで沸きかえった。いくつかのアジ演説が続いたあと、やがて、出発の掛け声を待ちかねたようにデモ隊の先頭が動き出すと、若いエネルギーが噴出するように次々と学生の隊列が路上に繰り出していった。

まだ四月のうちにしては珍しいほど、きらきらと光る熱い日射しの中であった。隊列を組んで歩き続ける学生たちは、どの顔も自信に満ちて赤く輝いていた。

達夫の加わったH大学社会学部と文学部のデモ隊は、赤坂見附にある清水谷公園に向かっていった。大学を出てから途中でいくつかの他大学と合流したので数百メートルに及ぶ長い隊列になった。デモを指揮する学生がそこここに付いていて、絶えず大声を上げてシュプレヒコールが繰り返されつつ、デモ隊は道路の左側を整然として進んだ。一般の車はほとんどデモ隊の通る道を回避するから、アスファルトの道路がやたらと広く見えた。

達夫は仲間と肩を組んで歩きながら、シュプレヒコールに合わせる自分の声にいつになく力が入るのを感じた。今日のデモ行進は以前とは違うぞと胸の高鳴る思いがした。

道路のあちこちに警官が立ち、あるいは何人かずつ並んでデモ隊を監視していた。達夫のいるデモ隊が警官隊と接触しそうになるほど近寄ったこともあるが、ただ黙ってデモ隊を見送っているだけのように見える警官たちも、よく見ると、どの顔も引きつるほどに緊張しきっているのが分かった。

赤坂見附の大きくカーブしたアスファルトの坂を通るとき、達夫が前後を見渡すと、横六人ずつで組んだ隊列は前方も後方も果てしなく続いて切れ目が見えない。国会議事堂の周囲に至る広大な眺めの中で、数知れぬデモ隊によるシュプレヒコールが絶えず地響きのように沸き起こり、騒然とした高まりが辺りの空気を震わせていた。

清水谷公園では集まった学生たちが公園の敷地に収まらず、溢れ出していた。幾つもの大学の学生代表に混じって、達夫の大学からは社会学部の久慈稔が出て決意表明をした。広い公園を埋め尽くした学生たちは一つ一つの決意表明を一心に聞き、拳を振り上げて応える声も乱れることがなかった。

それらが一通り終わりかけたころ、公園の裏手の方から不意に、若い詩人が一人で現れた。彼はたちまち近くに立っていた学生に発見され、促されるままにハンドマイクを持たされて学生たちに向けた発言を求められる羽目になった。

そのまだ三十代の著名な詩人は、去年、安保反対闘争の進む中で「国会突入」をなした全学連が世間の批判を受けたとき、早い段階で、その主流派学生を「全面的に支持する」

と表明したことで知られていたのだ。今この清水谷公園に集まった学生が、その後急速に勢いを持ったいわゆる「反主流派」勢力であることを、彼自身が知らないはずもないのだった。

若い詩人は、右手にマイクを持ち、顔を赤らめて訥々として語った。彼は明らかに緊張していた。この場にふさわしい言葉を探しながら述べているように見えたが、続ける言葉がなくなったという感じで、彼が目をしばたたかせてマイクを返す仕草を見せたとき、あちこちからヤジの声があがった。彼はいっそう顔を赤らめ、傍らの学生に押しつけるようにマイクを渡すと、後ずさりしてやや離れたところに立った。

学生代表の一人が再び正面に出てマイクを持った。その演説は明らかに、詩人の遠慮がちとも見えた「連帯表明」に対する不満を隠そうともしない、強い調子だった。その後方でしばらく学生たちの様子を眺めていた詩人は、やがて、そっと身を翻してそこを去っていった。

達夫は、そういう詩人の単独行動を間近で見たことに感動していた。彼は詩人の姿が人影や木々の向こうにすっかり見えなくなるまで、目を凝らして見送った。詩人がそのとき何を考えていたのかはよく分からなかったが、詩人自身が、世間に対する自らの発言に基づいて学生の新たな動きを目で確かめにきたのに違いないと思われ、詩人が信念と勇気の人であることを強く印象づけられたような気がした。

その日の集会とデモ行進は、達夫が考えていた以上に大規模なものだった。国会議事堂周辺の至る所で、労働者や学生のデモ隊が激しいジグザグデモを繰り返して渦を巻き、勢いを競うように絶えずシュプレヒコールがこだましていた。

デモ隊は議事堂正門前に来ると必ず組織ごとに足を止め、ひとしきり声を張り上げ拳を振り上げて国会に対する抗議を表明し、安保反対の「請願」を行なった。

達夫たちのいるデモ隊も議事堂正門前の辺りに来ると、立ち止まったまま動かなくなった。午後の二時を回るころで日射しが熱く、むせかえるようなデモ隊の中に立っているだけで疲労しそうだった。

「こんなふうにして、いつまでもこんなところにいて、どうなるのかしら」

海藤トシエが達夫と偶然目が合って、つまらなそうに言った。

「こんなところと言っても、ここは国会の前なんだから、ここにこうやって立っていることが意味のあることなんじゃないのかな」

達夫は自分がさっきから考えていたことを言ってみた。するとそばにいた田岡幸恵がこちらに顔を向けて言った。

「そうよね。大体わたしたち、普段こんなところへ来ないもの」

「ああ、そうね。こんなにたくさんの人がここに来て立っていることが、すごいことなのかも知れないわね」

海藤が、目の前に聳《そび》え立つ議事堂の白い尖塔に目をやりながら、感動した様子で言った。

達夫は、目を輝かせた海藤トシエの顔を初めて間近で見たような気がし、思わず微笑んでいた。

そのとき、腕章を付けた松下真一が現れて、

「我々デモ隊の代表者が、国会に行って請願書を手渡します。それが済むまで、しばらく待機しまーす」

と大声で叫んで、また走り去った。いつも気むずかしい顔しか見せないような松下の生き生きと動き回る姿が、なんだか頼もしく見えた。

「わたし、このごろデモに行くことしか、頭にないみたいになっちゃったのよ」

海藤トシエがそう言って達夫を見た。達夫はどう答えたらいいのか迷った。

「ほんとね、わたしもよ。毎日デモに行って、ご飯もおいしいし……」

田岡幸恵が明るい声で言うと、周囲から吹き出すような笑い声が漏れた。

「でもこんなことをしていて、ちゃんと大学を卒業できるのかしらなんて、ときどき考えちゃうことがあるけど、倉田君はどう思う？」

海藤が言うので、達夫は答えようとして、

「大学は卒業するさ。入った以上はね……」

と、気のないような言い方をすると、海藤がおかしそうに笑った。彼女自身はそれほど心配しているわけでもなさそうだった。きっと、親から何か言われているのだろうと達夫は想像した。ときどき親の心配が気になったりするのは彼とて同じようなものだ。

ようやくデモ隊が動き出して、国会議事堂を離れて路上の行進を悠然と続け、やがて夕暮れの迫るころ、一際高く安保反対の声を上げつつ新橋の大通りにやって来た。両側の歩道には町の人々が立ち並んでデモ隊を迎え、歓呼しあるいは拍手に沸きかえっていた。どこかのビルの窓から紙吹雪が空を覆うように吹き飛ばされ、デモの人たちの上に一斉に舞い落ちてきたりもした。

「ご苦労さまあ。どうぞ飲み物を……、どうぞ……」

歩道の端に出てデモ隊に呼びかけている二人の女性がいた。事務服らしい服装に白いエプロンを掛け、デモ隊に向かって顔を輝かせて叫んでいた。よく通る、明るい声であった。

道路を行くデモ隊は、いつの間に誰が指揮するとも見えぬまま、歩きながら皆手をつないで道路の端から端までいっぱいに広がって歩いた。それが「フランスデモ」という、新しいデモ行進の形態であることを達夫は初めて知った。

これは本当のことだろうか。この国に、もしかしたら本当に、大きな変化が起こりつつあるのではないか――。

達夫はデモ隊の中にいて、何度もわが目を疑うような、強い感動に包まれていた。

昭和三十五年のこの年、達夫の家にはまだテレビがなかった。彼は父親に「テレビを買ってはどうか」と言ってみたことがあるが、父親は無用だとしか考えなかったらしい。要は出費の問題に違いなく、達夫も無理な要求はしたくなかったのでそのままになっていた。

だから達夫はラジオのニュースには今まで以上に注意するようになったし、大規模なデモ行進に参加した翌朝などは、新聞に熱中して一面の見出しに心を躍らせ、あるいはその記事内容によって事態の意味を真剣に考えた。このときの彼自身についていえば、世の中のすべての動きが自分と結びついているような気分といってよかった。

しかし国の命運を担う事態の動きは、決して悠長なものではなかった。

新安保条約を成立させるために、未明の国会において、政府与党が衆議院で「強行採決」を行なったのは五月十九日のことだった。達夫は翌朝、その事実をラジオのニュースで知った。彼は耳を疑い、思わず父親を見たが、父親は何事もないかのように朝の食事を続けていた。

これで何も起こらないのか、いや、大きな何かが起きるはずだ。達夫はそう思ったが、その日はデモ行進の予定もない日であったせいか、昼前の大学構内はいつも以上に閑散としていた。しかしそれは次の行動への予兆に過ぎず、力を貯める時間に違いなかった。

そして、その翌日以後連日のように、国会周辺で政府に抗議する激しいデモ行進が繰り返された。それは政府の強引さに対する民衆の怒りが爆発したという以外になく、抑えきれないほどの怒濤となって次々と国会に押し寄せた。

それは達夫の目にもそうとしか見えない、大きな動きだった。

当然、各大学の学生によるデモ隊も膨れあがるばかりで、学生はもはや、主流派も反主流派も対立を越えて一つになり、「安保反対国民会議」の指令による統一行動として民衆と共に動いたのだ。達夫は、学生のデモ隊の中にいて明確にそう信じることができた。

だが政府与党は国会での議論を抜きにしてでも押し進めようとし、新安保条約を一カ月後の参議院で自然成立させる体勢を崩さなかった。この政府与党の硬直化した態度がますます国民の反発と怒りを買って、安保反対の運動は内閣打倒を叫ぶ民衆運動ともなって拡大していった。

達夫は、民衆の力が多数による直接的な力となって国の政治を揺すり、大きく動かすのは当然のことだと思った。その点で政府与党の頑迷とも見える態度は理解できず、なぜそうまでして特定の国との条約を締結しようとするのか、そう考えると不思議でさえあった。

あるとき、それは午後のデモ行進までの時間を学生食堂で過ごしていて、連日のデモにやや飽きがきたような雰囲気が流れたときだったが、

「政府はもっと安保条約の必要性を国民に説明すべきじゃないかな。それが不十分のままで、国会の多数決だけで国民を抑えつけようとするのはおかしい」

達夫が思わずそう漏らすと、

「なんだ君は。いつの間に岸内閣に肩入れするようになったんだい？」

と真っ先に揶揄《やゆ》したのは吉見誠だった。続いて朝田謙治も、

「説明すればいいというもんでもないぜ。それより、何でも初めから多数で押し切るつもりでやっているとしたら、その方が気に入らないな」

と言ったが、その顔はかなり真面目で、達夫も同感を示してうなずいた。

吉見はわざとらしく笑って見せ、

「いや、政府与党の狙いは決まってるんだよ。それを成し遂げなければ身が立たんのさ」

と訳知り顔をした。

そういうことなのか、と達夫は思った。所詮、政治も数と数、力と力の争いか。だがそれを言ってしまっては身も蓋もないということなのか。新聞の記事にもあった「民主主義を踏みにじる暴挙」という言葉も空しく響くような気がした。

六月に入って間もない日に、この国始まって以来の大規模なゼネストが敢行された。それは国有鉄道の労働組合を中心に全国の労働者が、政府に抗議するストライキを起こすという、まさに未曾有の事態だった。達夫は朝からラジオのニュースに耳を傾け、息を呑む

思いで全国の様子を窺う気持ちでいたが、それは唖然とするほどにほぼ完璧な形で実行されたのだった。その、何の混乱もなくストライキが行なわれた静かな一日は、これ以上ない民衆の抗議の意思表示に違いなく、達夫は翌朝の新聞を前にして、さすがの政府与党も降参するだろうと単純に考えて、いささか興奮もした。

だが政府は、その先に何を見定めていたのか。新聞は、ゼネストの後も政府は新条約成立の既定方針を崩さず、国会においても野党の要求をはねつけるばかりだと伝えていた。

達夫が大学に行ってみると、校門の辺りには「全学スト」とか「国会へ！」と太く書いた大きな立て看板が置かれ、その周囲に学生自治会の主張を書き記した幅の広い張り紙も並んでいた。しかし行き来する学生の数は思いの外まばらで、赤、青、黒などのペンキで大書された立て看板がやたらと目に付き、風に吹かれて張り紙の鳴る音さえ聞こえてくる始末だった。政府の反応の鈍さを前にした学生たちの焦りやいらだち、あるいはある種のすさんだ空気が、大学の構内にまで漂いつつあるかのようだった。

二年生の授業が行なわれる三階では「休講」とされた教室で、自然発生的に、居合わせた学生同士で議論が闘わされていた。それは大抵、「国会に大挙して押し寄せる請願デモ」か、「国民の先頭に立って闘う前衛」かという、二派に分かれるように達夫は感じた。そうして達夫は、やはり「請願デモ」の運動を「国民会議」のもとで、幅広く進めていくべきではないかと思うのだった。

だが学生たちの中では、ゼネスト後の行き詰まったような状況にあって、「国民の前衛」という戦闘的な考え方が再び支持を得つつあることも確かだった。

達夫のクラスメートの間でもそういう変化は顕著だった。

「やっぱり、何だか相当おもしろくなってきそうだぜ。倉田も一緒に国会デモに行こうよ」

学生食堂で出会った朝田謙治が、いきなり達夫にそう言った。

朝田の言う「おもしろくなってきそうだ」には、スポーツ好きの市村隆則などが言う場合とは異なる意味が込められていることを、達夫はよく分かっていた。

「しかし、どうも俺は納得できない。請願デモの行動がどんどん広がっていくなら、そっちの方がいい。その力の方が信じられる気がするんだが……」

達夫が真面目な顔をして言うと、朝田は気の毒そうな表情を浮かべて彼を見て、

「倉田がそう言う気持ちも分かるけどさ、今は前進するための突破力が必要なんだよ」

と、まるで諭すような言い方をした。そばにいた吉見も朝田に続けて、

「倉田の考えているのは夢みたいなものだ。大体君は何でそんなに律儀に請願デモに行くんだい？　松下だって今は国会に行くべきだと言っているんだ。それとも君は高森さんに何か義理でもあるのか？」

と達夫を見下すような笑い顔をしたので、さすがの達夫も気色ばんで、

「義理なんて、そんなことあるもんか」

と珍しく反発した。

高森定雄が一貫して「請願デモの正当性」を強調し、自身は決まって労働者のデモ隊に加わっていることは達夫も知っていたが、実際、達夫の選んだ行動は、もはや松下にも高森にも関係なく、ただ自分の納得する道に従う他はないと思うからなのだ。

「でも、それで君はまた清水谷公園の集会に行くのかい？　らちの明かない請願デモも楽じゃないだろうが」

吉見がなおも呆れ顔をして言うので、

「そう簡単にらちが明いたりなどしないだろう。政治闘争だからな。忍耐強くやる他はないんじゃないかな」

達夫は負けずに言い返した。するとと朝田が、

「政治闘争は、やっぱり力の対決だよ。最後は力が決めるんだ」

きっぱりとそう断言してみせるのだった。

それから三日後のことだった。

達夫たちはそれぞれに、デモ行進に出る時間を見ながら学生食堂で落ち合うことにしていたが、朝田がなかなか現れない。そこへ、誰も予想していなかった高森定雄が現れた。

「珍しいな。そっちの方はどうだい、高森さん。昨日は羽田へ行ったのかい？」

吉見が真っ先に声をかけたが、その顔はいつになく真剣だった。

前日、羽田空港にやって来たアメリカ大統領の特使をデモ隊が実力で阻止するという事件があったのだ。当初全学連は積極的に関与する動きを見せず、達夫も今朝の新聞で羽田の衝突事件を知って驚いたのだった。政府に抗議するデモ隊がなぜアメリカとまで闘うのか、彼には納得ができていなかった。

吉見に問われた高森はすぐには答えず、何となく苦しげな表情のまま、皆から少し離れたところにある椅子を見つけて腰をかけた。そうしてそこに居合わせた面々を一人一人、顔色まで確かめるように見回しながら言った。

「俺たちの方は相変わらず毎日頑張ってやっているさ。労働者の団結力は全学連の比じゃないよ。もちろん俺も昨日、自分の仕事をほったらかして羽田のデモに行ったがね……。今日は、たまには学食の定食を味わってから出ようかと思ってね……」

それから高森はふと気が付いて、

「おや、朝田がいないな。彼はどうしたんだ？」

と言って吉見に目を向けた。

「朝田は昨日も国会辺りへ行って、遅くまでジグザグデモをやったから、きっとへとへとになっているんだぜ。まだ寝ているのかも知れないな」

と吉見が答えた。すると田岡幸恵が、

「わたしたちなんか、ジグザグが始まったときに抜け出して帰ってきちゃったものね」

と海藤トシエを振り返った。

そのとき当の朝田謙治がふらりとやって来て、端の方の椅子に腰を落とした。

「朝田君、疲れたでしょう」

と海藤が声をかけた。朝田は力のない笑顔を見せて答えた。

「疲れたよ。今日はこのまま帰って、あとはバイトに行くだけだ」

「それだけを言いに、わざわざ出てきたのかい、君は」

吉見が興ざめした顔で言ったので、朝田は苦笑いしてから、

「俺はもう、ジグザグデモには出ないぞ。何だか空しくなった」

と何かを投げ出すように言った。皆が思わず朝田の顔を見つめた。

「ジグザグデモなんか、いくらやったって警官はやらせておくだけだ。回りを取り囲んでいて何かあったら執行妨害にして捕まえるんだ。俺たちは前にも進めないままで、ただジグザグで疲れるだけだ」

「そんなのは、最後まで付き合わなければいいのよ」

と田岡が言うと、にやにやして朝田を見ていた高森が、

「そうだよ、君。ジグザグはただ消耗するだけだ」

と、急に身を乗り出してきて話し出した。

「あの野沢さんが、迫村たち主流派の活動家たちに向かって、もうジグザグデモはしないでくれって、すごい剣幕で食ってかかったそうだよ」

「へエー」

と皆一様に感心したが、野沢さんなら主流派の猛者《もさ》連と喧嘩することぐらいやりそうだと口々に言い、それから彼女のうわさ話になった。

野沢夏美が主流派のデモに加わるようになって迫村二郎と親しくなったころ、迫村が彼女の家に押しかけていって、高森の言葉によると「無礼な振る舞いに及んだ」ことがあった。たちまち野沢に厳しく拒まれ、以後迫村は何かにつけて彼女にやられっぱなしなのだという。迫村は見た目以上に単純な奴なのさ、と高森は言うのだった。

「だけど、その後野沢さんは主流派の連中ともうまくいかなくなったらしくて、どうしたかなと思っていたんだ。俺も最近彼女と会っていないものだから、分からなくて……」

そう言って高森はそれとなく吉見と朝田を見た。

「俺たちも野沢さんとは会っていないな。俺たちと同じく、主流派にいるんだろうと思ってはいたがね……」

と吉見が答え、朝田もうなずいた。

近くにいなくても皆が野沢夏美に関心を持つのは、彼女がそれだけの魅力と行動力を持っているからだ。それに比べて迫村二郎は大分評判を落としたらしい。だが達夫は高森の話を聞いて、喫茶店「マイアミ」で野沢に手厳しく指差されて赤くなって俯いた迫村の顔を思い出し、かえって迫村に思いがけない人間味を感じて、何となくほっとした覚えがある。達夫自身は迫村の、自ら信奉することに必死で取り組む一途さに、内心では驚きを感じてもいたのだ。それは達夫自身にはないものかも知れなかった。

［犠牲者］

新安保条約が国会で「自然承認」され成立するという六月十九日が迫るに従って、国会に向けたデモ行進は激しさを増した。大学構内の掲示板に「休講」の張り紙の出る授業が多くなり、自ら街頭のデモ行進に参加する教員も増えていったのだ。

二年になってから専門科目の授業が増え、その中には達夫が入学前から名前を知っていた教授の講座もあった。菅藤《かんとう》教授の「近世日本文学論」もその一つで、達夫は必ず出席するように心がけていた。講座の置かれた時間は月曜日午後の最初で、最近はデモ行進の予定とぶつかることも多くなった。

だがその日は、休講の張り紙がなかったので、達夫はともかく教室へ行ってみた。デモ行進にはあとから遅れて参加する気構えであった。

広い教室が、いつもなら八分通り学生で埋まるのに、この日は空いた席の方がはるかに多かった。後ろの方に席を取った者たちは気楽な姿勢で雑談などしていたが、前の方に座った者の中にはノートを広げて用意している者もいた。

やがて前方の戸口から姿を見せた老教授は、教壇の椅子にいつものように音もなく腰を下ろし、太い縁の眼鏡を光らせて教室を見回した。色の白い面長の顔に刻まれた太いしわが威厳を感じさせる。

だが菅藤教授はなかなか講義を始めようとせず、教卓の上にはいつもの分厚いノートも出されていなかった。そして何度も、まるで悩み事でもあるかのように左手で頭の白髪を掻きむしった。

学生たちが姿勢を正して向き直り、固唾を呑んで教授を見つめ始めると、ようやく教授は重々しげに口を開いた。

「わたしは今日もこうして教室に出てきたが、ごらんの通りの老人です。体力もありません、だが諸君は若い。諸君は今日、どうしてこの教室に出てきたのですか？」

学生たちは答えようもなく黙っていた。

「今、この国がどんな問題を抱えているか、あるいはこの先どうなろうとしているのか、学生であればみんな考えているはずです。ここにいる諸君はデモに出ている仲間たちのことをどう考えているのですか？　諸君はどうしてデモに行かないのですか？」

老教授の声は震えを帯び、それを懸命に抑えようとしてなおさら力を込めているかのようだった。そして眼鏡の奥の二つの目が、鋭い光を放ちながら学生たちを見回している。

「今は自分のことを考えているときではないはずです。諸君、デモに行きなさい。わたしは、今日はそのことを諸君に言うために出てきたのです」

教室の中は静まりかえり、それから当惑したようなざわめきが起こった。

「講義は、なさらないんですね」

いちばん前にいた男子学生が叫んだ。詰問するような強い響きがあった。

「講義はしません」

菅藤教授は殊更断言するように言ってから、両手で頭を抱えて肘をつき、上目遣いにその学生を見つめた。

するとその学生はさっと席を立って一礼し、教授に背を向けると後方の出口に向かっていった。その態度には、講義を自ら中止した教授に対するある種の反発が感じられた。しかし菅藤教授は、黙ったままその学生の後ろ姿に一瞥《べつ》を与えただけで、また顔を戻して教室にいる学生たちを見た。

三十人近くいた他の学生は少しずつ席を立ち、教授の方を盗み見たり何事かささやき合ったりしながら、そろそろと教室を出ていった。達夫も仕方なく席を立った。菅藤教授は頭を抱えた姿勢のまま、教室内の学生がすべて出ていくのを待っているようだった。

達夫は菅藤教授の心中を思い、その誠実さを理解しようとした。あの最初に席を立った学生はある程度教授と個人的に知り合っている学生で、すでにデモの状況についても教授と何らかの議論をしていたのではないかと想像した。そして自らの信念を通したのは教授自身なのだろうと思った。

そう考えはしたものの、達夫はほとんど泣きたくなるような衝撃を受けてもいたのだ。今日ぐらいは大学で菅藤教授の講義を落ち着いて聞き、そのあとでデモ行進に駆けつけたっていいではないか。達夫は実際、そうすることも考えていたのだ。

安保反対運動の高まりの中で「革命前夜」というような表現もあったが、この国が今そういう状態になっているとは信じられず、まして学問も仕事もうち捨てて外に出て闘うべき事態とは思えなかった。政府と対立する政策や考え方の違いは、まだまだこれから先へ広がっていくべき性質のものではないか——。

それとも自分の認識が甘いのか、考え方が幼稚なのか――。

達夫が教室を出て、廊下の窓から校門付近を見下ろすと、すでにその辺りには大勢の学生が集まっていて、社会学部を率いる久慈稔がハンドマイクを持って演説し始めていた。達夫があとから加わるつもりでいた反主流派のデモ隊は、間もなく社会学部を先頭にして国会を目指して出発するはずだった。

ふと横を見ると、少し離れたところで同じように窓から下を眺めている女子学生がいて、達夫はそれが野沢夏美であることに気付いた。彼女がこのように一人でいるのを見るのは初めてであった。

何となく不思議な気がして近づいていくと、野沢がすぐ振り返り、

「倉田君、今日はどうするの？」

丸い目をくりくりさせて言う。彼女はとうに達夫の姿に気付いていたのだ。

「これからデモに行くつもりだけど……」

同級だから互いに見知ってはいても、個人的な会話をしたことはほとんどなかったから、達夫は戸惑っていた。

「ねえ、これから国会の辺りに行けば追いつくから、わたしと一緒に行かない？　その方

がおもしろいよ」

　野沢が近寄ってきて彼を誘った。すでに国会辺りに行っているのは主流派のデモ隊に違いない。だが達夫に主流派のデモに加わる気はないから、彼は首を振って断った。すると彼女は落胆したようだったが、その表情がいつものような屈託のない感じではなく、何かしら沈んだ雰囲気であったので、達夫はそのまま行ってしまう気になれなかった。

「野沢さん、今日は何だか憂鬱そうだね。どうかしたの？」

「そんなことないよ。倉田君の方が憂鬱そうじゃないの」

　野沢はすぐに反撃してきた。そして窓の外に聞こえるアジ演説の方にちらっと目を向けて言った。

「あっちはおもしろくないよ。何のためにデモして歩くのか、全然分かんないじゃないの」

　いつもの野沢夏美のはきはきした口調に戻って、「じゃあねっ」と達夫に向かって手を振ると、彼女は身を翻して階段を下りていった。達夫は苦笑いの気分で彼女を見送ったが、菅藤教授の講座に出ているわけでもない野沢が、なぜ教室の前に来ていて彼をデモに誘ったのかと改めて不思議な気がした。そして今し方彼女に感じた寂しげな沈んだ雰囲気を思い出し、あの人も案外に主流派の中で孤独を味わっているのかも知れないと思った。

その日も達夫の入ったデモ隊は、「アンポハンタイ」「キシヲタオセ」とシュプレヒコールを繰り返しながら練り歩き、国会議事堂の前に来ると「請願」のためにしばらく待機した。それからまたデモ行進に戻って新橋に至り、夕靄《もや》の街の歓呼の中で道いっぱいに広がるフランスデモになって、やがてガード下の薄暗がりに来て解散した。達夫は他のクラスメートと隊列を組んで歩き通したが、吉見誠や朝田謙治ら友人たちと会うこともなく一日が終わった。

翌日、達夫は午後アルバイトに出る予定があった。三時から五時の間に兜町《かぶと》に行って新聞配達をするという仕事だったが、彼はこのアルバイトを大事にしたかっただけに、この日のデモ行進をどうするか悩んだ。前日の菅藤教授の言葉が思い出され、野沢夏美の顔まで浮かんできた。結局彼は、午後出発するデモ行進に参加して清水谷公園の集会に出て、そのあとの国会に向けたデモを途中から抜け出して兜町に行った。

更にその翌日、達夫が昼前の大学に行くと、教務の掲示板のそばに海藤トシエの姿があった。彼は思わず声をかけた。海藤は振り返って達夫を見るとすぐに笑顔になった。彼女の後ろには田岡幸恵もいた。

「あら倉田君、何だか久しぶりね」

「君たち、昨日は主流派の国会デモに行ったのか？」

達夫が問うと、海藤は急に口を尖らせて答えた。

「そうよお。だって吉見君たちが絶対に国会デモに行くべきだって言うんだもの。倉田君はどうして行かなかったの？」

「俺はあっちには行かないことにしたんだ。請願デモがいいんだ」

「そうなの？　やっぱり高森さんたちと一緒なの？」

「いや、そういうわけじゃないがね」

達夫は答えるのが面倒になってきた。

大学の入り口に近い広場には学生たちが集まってきて、それを目掛けて二カ所でアジ演説が始まった。久慈稔の太った姿が見えたので、達夫がその方へ行きかけると、何か約束がある様子で海藤と田岡が彼に向かって軽く手を振り、校舎の方へ歩き去った。

その日の国会周辺も数多くのデモ隊が次々と押し寄せていた。日米安保改訂の新条約が国会で「自然承認」となる日が数日後に迫っていただけに、どのデモ隊も今まで以上の熱気に包まれ、シュプレヒコールの叫びがあちこちで繰り返されて、騒然とした雰囲気に包まれていた。

　達夫がクラスメートの何人かと一緒に隊列を組んで、清水谷公園から国会議事堂に向かう路上に出てきたのは午後三時ごろだった。好天で日射しも熱かったが、皆いつになくシュプレヒコールの声に力を込める気分で、歩きながら何度も叫ぶうちに声もかすれていた。白い尖塔の立つ議事堂を間近にしてデモ隊は何度も足を止め、待機し、また歩き進むことを繰り返した。幾つものデモ隊が行き会い、集まって道路のほこりにまみれつつ、次第に大きな群れとなってすべての場所に溢れ返っていた。

　そこへ男の、走りながら叫ぶ声がした。

「車が突っ込んでくるぞ。よけろっ。右翼の車だ。みんなよけろっ」

　とたんにエンジンの音が響いて、道路を埋め尽くした人々の中に車が突っ込んできた。小型トラックの両脇に張り付いた男が棍棒のようなものを振り上げて、憎悪の目つきで周囲を威嚇していた。大風になぎ倒されるようになって逃げまどう人の群れの中を、小型トラックはすさまじい勢いで走り抜けていった。

「右翼の車が何でこんなところに入ってくるんだっ」

「警官は一体何をしているんだっ」

あちこちで叫ぶ者がいた。

怒りに満ちた混乱の渦が広がりだしたとき、また別の男がメガホンを持って叫びながらやって来た。

「我々は整然と国会への請願行動を行ない、更に新橋へ向かってしっかりデモの隊列を組んで進もうっ。右翼の挑発には乗らないぞっ」

デモ隊の指揮をする学生の一人に違いないと達夫は思い、右往左往する混乱の中で自分たちの隊列の進む方向を見失わないようにしようとした。彼の近くにいた何人かのクラスメートの姿が見えなくなったが、もはや彼らを捜し求める気にはならなかった。彼は見知らぬ学生たちと隊列を組み拳を振り上げ、叫び声を振り絞りながら疲れも忘れて歩き続けた。新橋の辺りに来ると、そこはいつものような夕刻の街になっていた。スイッチの入った街灯や輝き始めたネオンの中を、デモ隊は沿道の人々の声に送られて進み、道路いっぱいに広がるデモの解放感に浸って歩いた。

そろそろ、いつも通りの流れ解散になると思われたときだった。

「国会に突入した仲間に犠牲者が出たぞっ」

「直ちに国会に集まれっ」

早口に繰り返して叫びながら、白シャツの男が二人、デモ隊の中を縫うようにして走り抜けていった。

デモ隊の中に一瞬の衝撃が走り、思わず互いに顔を見合わせた。

「犠牲者って、どういうことなんだっ」

「あんなの、デマじゃないのかっ」

口々にそう叫ぶ声がした。中には国会に行って確かめようとして走り去る者もいた。

だが、デモ行進を終えたほとんどの者が、今日も自分たちの行動に一応の満足をしていた。暴力的なデモ隊とは違うんだという意識があったと言ってよいだろう。

達夫は疲れていたせいもあって、すぐ国会の辺りに駆けつけるという気にはならなかった。議事堂周辺の騒然とした様子を思い出して、そこにいた友人たちがどうしたのか気になったので、早く家に帰ってラジオのニュースを聞こうと思った。

しかし彼が家で聞いたラジオの報道は、まだ事実を正確に掴んだものとも思われず、彼の知りたいことを十分伝えてはいなかった。

翌朝、達夫が目にした新聞は、国会の正門付近でT大学の女子学生が死んだことを、黒い大きな活字で伝えていた。デモ隊と警官隊との衝突の中で学生の死者が出たということ自体が信じられず、達夫は強烈な衝撃を受けた。懸命に記事を読み漁ったが、女子学生の死の原因はまだ明確になってはいないようだった。

達夫は大学に行ってみたが、彼の友人は誰も姿を見せず、構内はがらんとしていた。国会正門前で追悼集会があるということを知ったが、すぐにでもそこへ行こうという気持ちにはなれなかった。彼は、校舎の脇に並んだベンチの一つに腰掛けたままでしばらく過ごし、それからようやく立って、大学を出た。

彼はとにかく街の中を歩いていってみようと思った。靖国通りを突っ切って、赤坂の方へ向かうデモ行進の道だった。人通りも多くはなく、いつもどおりの平穏な街だった。

ふと、背後に騒がしい音が近づいてくるような気がして、彼は振り返った。

いつの間にどこから来たのか、白い横断幕を掲げたデモ隊の一団が進んでくるところだった。彼は歩道の端に立ち止まって、デモ隊の近づくのを待った。歩道には彼の他にも、そうやって立ち止まっている者があちこちに見えた。

先頭に並んで歩いてくるのはスーツ姿の中年男性や女性で、中にはジャンパーの人もいた。横断幕には、「軍事同盟の強化は戦争への道だ」と筆の字で大きく書かれてあった。

横断幕に続いて列をなして歩く人々は数百人もいるかと思われた。普段着のままの人も多く、中には子供の手を引いた母親もいるようだった。一定の組織ではなくメガホンを持った指揮者がいるわけでもなく、様々な人が自由に加わって、横断幕のもとにデモ行進をしているのだった。ときどきその中で誰かが叫び、すぐに他の人々が一斉に叫んだのは、「安保条約反対っ」「岸内閣打倒っ」……。

その一隊が彼の前を通り過ぎようとしたとき、道路の向こう側から二人の若者が走り出てきてデモ隊に加わった。彼と同様の学生と思われた。それに誘われでもしたように、彼も道路に出て隊列の最後尾に入って歩き出した。

「どこまで行進するんですか？」

彼は横にいた年寄りの男に声をかけてみた。

「国会議事堂を一回りしてくるんだそうですよ。わたしはもう少し歩いたら抜けますがね」

「昨日は国会のデモで犠牲者が出たんですね」

彼はどうしてもそう言ってみたくなった。

「ああ、大変なことになったねえ。それを知って外へ出てきた人も多いんじゃないかねえ」

男は憤慨した様子で言った。

議事堂まではまだ相当ありそうだった。達夫は、今日はこのデモ隊とどこまでも歩き続けようと思った。


六月十五日の国会議事堂正門付近で起きた女子学生の死以後、政府に抗議する声は全国に満ち溢れて、国会周辺に押し寄せるデモ隊はかつてないほどに数を増した。そして、十八日に予定されていた米大統領の訪日は警備の不安により中止となり、岸首相は辞任せざるを得ない情勢となった。その一方で日米安保の新条約は国会で自然成立の形となり、政府は直ちに条約批准の実務に取りかかった。

こうして安保反対の運動は終息する状況となった。世間には「政治運動の季節は終わった」と、声高に言う者も現れていた。

達夫が大学で吉見誠や朝田謙治に会ったのは、十五日の日以後ほとんど一週間ぶりのことだった。二人とも終始憮然とした面持ちで、すっかり無口になっていた。

「ずっと会わなかったな。国会のデモに行ったのは分かっていたが……」

沈黙に堪えかねたように達夫がつぶやくと、なおもしばらく無言のままだった吉見が重い口を開いた。

「みんな、疲れたし、ショックが大きすぎたんだよ。海藤さんや田岡さんたちはしばらく大学にも出てこないだろう」

「十五日のときは、どの辺りにいたんだい？」

達夫が遠慮がちに訊いた。

「俺たちはあのとき、大分後ろの方だった。どうしてあんなことが起こったのか、まったく分からなかった。突っ込むぞーとか言うのは聞こえたがな」

吉見はそう言って朝田の顔を見た。

朝田はうなずいたが、少し間をおいてから、

「あの前に、右翼か暴力団かの車がすごいスピードで突っ込んできたんじゃないのか。あれに挑発されたのも確かだ」

と、憤懣やるかたないという表情をし、

「とにかく権力ってのはひどいもんだよ。言語道断だ。警官隊は、確かに敵としか思えない存在なんだな」

と言って、深い溜息を吐いた。

朝田も吉見も、翌日国会正門前で行なわれた女子学生追悼集会に行ったのだという。打ち合わせて行ったわけではないので二人は会場で会うこともなく、それぞれ黙祷を捧げて帰ってきただけだが、会場で泣き悲しんでいる学生たちを数多く見たと話すのだった。

それから吉見は急に、達夫に皮肉な目を向けてこう言うのだった。

「君はどうした。デモが新橋辺りで流れ解散したあとで、飲み屋か何かに寄ったんじゃなかったのか？」

「いいや、そんなことはない」

達夫はすぐにそう答えたが、思いがけなく痛いところを突かれたような、妙なショックを感じた。

しかし死者を出したということの重い意味は、誰も無視することはできない。だからこそ、なぜ死者を出したかが明確にされなければならない。その「なぜ」は、この場合、政治権力者の責任の問題として、また政治運動の方法の問題としても、明らかにされなければならないはずなのだ。

達夫が新聞記事をもとに考えた限りでは、女子学生は揉み合いの中で警官の圧力によってやられたに違いないと思う。それは警官にあってはならない大罪ではないか。そういう事件の想像については多くの人が新聞などでも発言しているようだが、いまだに具体的な調べの結果が示されてはいないのである。

三人は学食で定食を平らげたあと、喫茶店「マイアミ」に行った。大学の授業のことはまったく頭になかった。

そこへ、高森定雄と中野泰が現れたので、五人で一緒にコーヒーを飲みながら話した。

「どうも印刷屋の仕事が手を抜けないので参ったよ」

高森はそう言って頭を掻いたが、本当に参っているらしかった。それでも高森は、国会への「請願デモ」には怠りなく参加したのだと言う。中野も、アルバイトの関係で誘われた労働組合のデモに入れてもらったと言い、「そっちの方が学生のデモより性に合うんだ」と言うのだった。

女子学生が犠牲になったことを話していたのだと吉見が言うと、中野は、

「俺の組合の人が、もうあの真相は分からなくなっちゃうんじゃないかって言っていたよ」

すると高森も、

「分からなくしちゃうということも、あるかも知れんぞ」

と謎めいたことを言って薄ら笑いを浮かべた。

「何があったのか、あとからいろいろ想像してみても、結局真実は闇の中か」

と朝田がつぶやいた。

皆何となく押し黙ったままなので、達夫が言った。

「警官の暴力のすさまじさが強調されているけれども、たまたま警察官になったというだけで、無抵抗のデモ隊にあれほど警棒を持って殴りかかるなんて、信じられないことだ。警官だって俺たちと変わらない、普通の人間じゃないか。顔を見れば分かるよ」

すると吉見が憮然とした様子で、

「なあに、彼らは政府の手先として働いているだけなのさ」

高森は薄ら笑いの顔を達夫に向けてこう言った。

「君、警官の顔をいちいち眺めてみたってしようがないだろう」

達夫は、以前議事堂の近くの路上でスクラムを組み、警官隊の面々と間近に向き合ったときのことを思い出していた。警官たちはどの顔も若く、学生のデモ隊の勢いに対して神経を高ぶらせ、腰の辺りで警棒を強く握りしめていた。彼らは緊張と恐怖のためにほとんど顔を引きつらせており、あるいはすでに獰猛《どうもう》な意志に身を固めてどす黒い顔つきになっていた。スクラムを組んだ学生がそのまま彼らにぶつかっていけば、たちまち修羅場になることは容易に想像できた。だが何のために警棒で殴り、何のために殴られなければならないのか。ただ暴力的な衝突を繰り返し、その優劣を示したとして、現実にそれが何を生むというのか。考えてみても達夫にはその意味を見いだすことができない。

そのとき朝田が言った。

「確かに人間というのは、訳の分からんところがある。俺だって何かの関係で警察官になっていれば、必死で学生を追い散らしたり殴ったりするかも知れない」

「生活がかかるということになれば、人間というのはそうなってしまうのかな……」

達夫はそう言ったが、生きることの理不尽さを不意に突きつけられたようで気が重くなった。その様子を見た吉見が、

「いや、朝田が人を棒で殴ったりするなんて、とても考えられないよ。そうなる前に警官を辞めちゃうんじゃないのか」

と怒ったような顔をした。すると高森がぶっきらぼうに言った。

「警官という職業を選ぶかどうか、そこで分かれるんだ」

「だけど、警官という仕事だって、社会のためには必要なんだ」

達夫が言うと、

「なんだ倉田、混ぜっ返すようなことばかり言うなよ」

吉見が達夫をなじり、高森も朝田も失笑したので達夫は黙ってしまった。

「ときに高森さん、野沢さんはどうしているのか知らないかな。さっぱり見なくなったんだがな」

しばらくして吉見が言った。高森は「うーん」と低く唸ってから、やおら話し始めた。

「彼女は、迫村と揉め事があったあと他の連中ともいろいろあったらしくて、それでデモに嫌気がさしてきたんじゃないかと思う。それで、十五日の日は国会デモに行かなかったらしいんだ。それからあと、彼女は大学にも来ていないんだ」

「どうしてそれが分かったんだ？」

と吉見が説明を求めた。

「俺は野沢さんの親父さんに頼まれていたこともあって、実は何日か前に彼女の家に寄ってみたんだが、鍵が閉まっていて留守だった。翌日の夕方また行ったら、妹さんがいたので訊いてみたんだが、野沢さんは山梨に帰ってしまっていて、しばらくは大学にも出てこないだろうと言うんだ」

「何か、あったのか」

と朝田が言った。何かあったことを疑わないような響きがあった。

高森定雄は朝田にうなずいて見せながら言った。

「これは俺の想像だがね、妹さんに訊くと、野沢さんは、十五日はデモにも行かず家にくすぶっていたらしい。多分、迫村たちのことが気に入らなくて行く気がしなかったんだろう。ところがその日に国会正門の衝突で学生が死ぬ事件があった。彼女は、それをあとで知って相当なショックを受けたらしい。死んだ女子学生は野沢さんと直接の関係はないんだが、彼女のことだから、その日デモに行かなかった自分を悔いたのではないかな……」

そうか、それはあり得る、と三人は一様に顔を見合わせた。

あの日たまたま国会デモに行かなかったことを、野沢夏美は自分の重大な過失であったように思い、自己嫌悪と自信喪失の状態で誰にも会う気がしなくなったのだろう。

達夫は、野沢夏美が彼を主流派の国会デモに誘ったときのことを思い出していた。

あれは確か十五日の二、三日前だった。迫村らとの関わりを考えれば、あのとき野沢に感じた何となく寂しげな印象は嘘ではなかったのだ。達夫が誘いを断ると彼女はすぐに反発したが、あの気の強さはショックに当たって折れやすい面もあったのだろう。

純粋一途な野沢夏美がデモに行く気力を失ったことを思い、あれほどに高まりを見せた政治運動も急速に終息しそうな空気を感じるにつけて、達夫は、あの女子学生の死が、ただの無惨な死そのものになってしまうことを思わずにいられなかった。

七月に入ると、大学は一気に夏休みになる雰囲気で、学生運動も沈静化の一途をたどるかのようだった。

達夫は出席すべき授業もないのに昼過ぎに大学に行き、薄暗い学食で遅い昼飯を済ませたあと、しばらくそのまま椅子に座っていたが、誰にも会うことはなかった。仕方がないので少し早めだがアルバイト先に行こうと思い、地下からの階段を上がって地上に出た。大学の表門の方に出てゆくと、曇っていた空がいくらか明るくなってきたのを感じた。

道路に出たところで達夫は、向こうから歩いてくる海藤トシエの姿を見た。彼は立ち止まって彼女を待った。

「海藤さん、しばらく大学にも出てこなかったみたいだね」

達夫が声をかけると、海藤は何だか懐かしそうな表情を見せて微笑んだ。

「こんにちは。わたし、何だか疲れちゃって、ぼけーっとして休んじゃったわ」

そう言ってから、海藤トシエの表情に急に悲痛な暗い影が差し、彼女はそのまま俯いてしまった。あの犠牲になった女子学生のことだ、と達夫はすぐ気が付いた。あの日国会正門近くのデモ隊の中にいたはずの海藤トシエは、一人の学生の犠牲をどう受け止めていいのか分からず、苦しんでいたのではないか。話を続けるための言葉を探しながら彼は彼女の顔を見つめた。

しかし彼女は、今達夫とそのことであれこれと話をする気はないようだった。

「わたしは、夏休みに入るために大学の様子を見に来ただけなんだけど、倉田くんはこれから帰るところなの？」

そう言って達夫の顔を見た彼女は、もういつもの笑顔になっていた。

「これからアルバイトに行くので、今、学食に寄ってきたところだ。大学も、何だか気が抜けたみたいだな……」

達夫はそう言って、思わず曇天の下に立つ大学のビルを仰ぎ見た。

「わたしも何だか、意欲が湧かない感じなの。夏休みに茨城の田舎に帰って元気を取り戻すことにするわ」

「それはいいね。九月になったらまた会おう」

達夫が言うと海藤がうなずいたが、互いに何となく言いたいことが残っているような気分があった。

「俺たち、大変な経験をしたと言えば、確かにそうだったね」

達夫が言って彼女の顔を見た。

「ほんとにね……。でもわたしたち、やっぱり勉強しなくちゃ駄目よね」

と海藤が言った。

達夫は彼女の気持ちがよく分かるような気がした。そして、そういう素直な気持ちを持ち続けている海藤トシエを見直したくなった。

分断され対立し続けるこの社会。そして頼りない不確かな自分。そういう自分と社会との繋がり方――。あの激しい時間が残していったのは、結局そのような問題だったのかも知れない。

[アルバイト]

達夫が小遣い稼ぎのためにアルバイトをするようになったのは、大学一年の夏からである。それは彼の父親の古い友人に紹介された仕事で、外国語専門学校にある図書室で週に四日だけ司書代わりをし、月に数千円の収入を得るのだった。父親も母親も、達夫がそのアルバイトを始めたことで安心もしているようだった。あとは授業料納入の心配だけしてやれば、息子は自動的に大学を卒業し就職するとでも考えたのだろう。

だが達夫はその外国語学校の寒々とした雰囲気が嫌だった。図書室の利用者も少なくて、彼がいてもいなくてもいいような仕事に思えてならなかった。その上、達夫がデモ行進に参加するためにときどき欠勤するようになると、それが外国語学校の年取った事務長の気に入らなかったのだ。事務長はその度に図書室の管理を気にしなければならなかったからだ。それからというもの事務長は、達夫が出勤している日にもときどき図書室へ様子を見に来たりした。達夫にはそれも不愉快なことだった。

半年余りの間そのアルバイトを続けてから、達夫はとうとう父親に外国語学校のアルバイトを辞めたいと言った。父親は不意を突かれたような顔をして彼を見た。

「それでおまえは、学校の授業にちゃんと出ているのか？　デモなんかに行って、自分のやるべきことをやらないようじゃ駄目だぞ」

父親はそう言って彼を疑い、こうも言うのだった。

「若いときには左翼思想にかぶれることもあるが、自分の将来を見失うようなことがあってはならない。自分が政治運動をやる人間かどうか、よく考えることだ。おまえがそんなことをしなくても、世の中はちゃんと動いていくんだからな」

世の中はちゃんと動いていくだって？　と達夫は反発を覚え、父親の顔を見返した。役所の課長をしている父親が、等身大の中年男に見えてきた。

彼自身はといえば、大学の友達の中で自分の幼稚さに気付かされることはしばしばあるのだが、将来この父親よりましな人間になることはできると思った。今さら父親をことさら嫌う気はなかったが、こういう父親にいつまでもがんじがらめにされている必要はないと、そのとき彼は本気で考えた。

数日後、達夫は大学のアルバイト紹介の窓口に行き、早速自分で次のアルバイト探しを始めた。それが一年の終わりの、二月のことだった。望み通りのアルバイトは簡単には見つからず、結局彼は、自分の出る授業の時間に支障がないようにと考えて、新聞配達の仕事を選んだ。それは都心の証券街で株取引関係の新聞を配達する仕事で、午後遅くに兜町の小さな貸しビルにある新聞社に行き、新聞の束を受け取ってから一時間半ほどで終わる。それでも彼の収入は以前より少し増え、配達する日が週に三日で済むという、割に楽な仕事だった。

二月半ばのころにそのアルバイトを決めるとき、達夫はその小さな新聞社の薄汚れたソファーで、面接担当の四十絡みの男から、わが社の新聞の配達は絶対に欠かすことのできない大切な仕事なのだ、と固く言われた。万やむを得ずアルバイトを欠勤するときには事務の人が配達を受け持つことになる、とも言われた。事務の人とは最初に達夫をソファーに案内した五十歳ぐらいの女のことらしく、とても新聞配達をしそうには見えない。達夫としてもアルバイトは自分の重要な稼ぎだから、そう簡単に休みたくはなかった。

達夫の友達も、ほとんどの者がアルバイトをしながら大学に通っていた。今日はアルバイトがあるといえば、友人間ではどんなときでも絶対的な理由になった。学費の他に生活費も含めて、アルバイトで稼がなければならない学生が少なくなかったのだ。

吉見誠や朝田謙治も他県に住む親から仕送りを受けていたが、生活費と学費を補うために肉体労働も厭わずに様々なアルバイトをしていた。東京で育ったはずの松下真一は、恋人の篠田君枝の協力を得て、ガリ版きりの仕事をまるで専業のように請け負ってやっていた。同棲しているのではないかと疑われると、二人は口を揃えて否定した。

高森定雄も東京育ちだが、早くから親元を離れ、親類の経営する印刷会社に仕事を持っていた。そうして同い年の恋人を得て結婚し、共働きでアパート暮らしをしながら大学にも通うようになった。共産主義の信奉者でもあり、そういう高森の経歴が、年下の学生仲間から一種の尊敬を集めてもいた。高森がいつも抱えている小型鞄の中には、大抵印刷会社の請求書や領収書用紙も詰まっているという。

東京に下宿して大学に通い、他県の親元から十分に仕送りを受けているらしいのは、達夫の知る範囲では、海藤トシエと田岡幸恵である。飾り気のない素直さが特徴の海藤は茨城県の大きな農家の娘であり、丸顔美人タイプの田岡は静岡の商家の娘であった。

父親の借りた一軒家に妹と住む野沢夏美は、日々活発な生活ぶりで次々と様々なアルバイトをしているが、それは親に対する反発があるためで、実際は金に不自由することなどないのだというのが専らの噂であった。

達夫が大学の二年生になった年は、「安保反対闘争」が最大の山場を迎えた年であった。大学は連日「全学連」の激しい活動に支配され、学生たちはデモ行進に明け暮れしていた。達夫も大学の授業はそっちのけで、積極的にデモに参加しようとした。それでもアルバイトのある日は極力休まないように心がけ、デモの途中で抜け出して兜町に駆けつけることも多かった。そんな生活の中でも達夫は、時代や社会の動きを身近なものに感じることができるような気がして、それなりに充実感を持っていた。

新聞配達をする日、達夫は午後四時頃に兜町の小さなビルの三階に行き、入り口にいる事務の女の指図を受けて新聞の束を小脇に抱えると、配達用の青い帽子をかぶる。女は荒れた皮膚に安い化粧の粉がこびりついたような顔をして、大抵は彼を戸口まで送ってくる。彼は大小様々な証券会社の立ち並んだ街に出て、毎日決まったルートを一時間半ほど歩き回って新聞の配達をする。そういうアルバイトをしながら達夫は、そのような巷《ちまた》の新聞を作って稼ぎを得ようとする小さな会社が、社会の底辺に巣くう寄生虫のごとく見えることもあり、彼自身も含めて、生きるために何事かをなそうと必死にうごめき続ける人間のことを考えたりもした。

ある日、達夫が新聞の束を女から受け取るつもりでドアを開けて顔を出すと、その小新聞社の様子が一変していた。

会社の室内に殺伐とした雰囲気があって、机や書棚の位置ががらっと変わり、数人の社員が落ち着きなく立ったままでいた。達夫に気付いた事務の女が慌てて彼のそばに来てささやいた。

「あら、あなた今来たの？　今日は新聞、出ないのよ。あさってまた来てみてよ。多分出ると思うから、ね……」

二日後に、達夫がその日のデモに出るのを止めて兜町のビルに行ってみると、女は緊張した顔で入り口に設けられた受付の椅子に座っていた。そして彼を見るとにっこりして見せた。心なしか、以前より女がきれいに輝いて見えた。新聞の束は彼女の脇にある大きな棚に用意されていて、これも以前と違ってきちんと整理されている感じがした。

達夫が新聞の束を小脇に抱えて出ようとすると、女は彼を送り出しながらドアの外まで出てきた。

「社長が替わったのよ。この会社、野島さんが乗っ取っちゃったの。それで首になって、いなくなった人もいるわ」

そう言って女は興奮気味に目を輝かせた。

達夫には事情がまったく分からず、ただ目を丸くして女を見た。すると女は、

「でも、あんたは大丈夫。もう一人の学生さんも大丈夫。お給料もちゃんと出るから、これからも頼むわね」

と言って彼の肩をぽんとたたいて押し出した。

どうやら会社の内部に社長を交代させようとする激動があり、それが一応納まって、配達のアルバイト学生は継続雇用ということらしい。達夫がなおも事情を聞こうとするのを相手にせず、女はそのまま中に入ってドアを閉めた。

新しい社長になった野島という男は、達夫が最初に面接を受けたときの担当者に違いなく、まだ四十ぐらいの陽気な人物という印象があったので、達夫は意外な気がした。

五十歳ぐらいの事務の女は多田克子《ただかつこ》といって、何となくがさついた感じのする女だが、事務能力はあるようで何かと重宝がられている様子だ。以前達夫が少し遅刻してきて「デモから抜けてきたのだ」と言ったとき、

「そう、あんたもいろいろ大変なんだね。デモも頑張ってね」

と言ったりしたが、今日はデモのことなどまったく眼中にない様子で、何はともあれ配達のアルバイトが確保できて安心したという顔つきに見えた。

それにしても、あれほど大規模なデモ行進が毎日のように繰り返され、政治も大きく揺れ動いて新聞にも報道されテレビにも映し出されているに違いないのに、このような都心の街の奥ではまるで無関係のようにして、熾烈な生存競争ともいうべき小事件が飽くこと

なく続いているということらしい。達夫は、現実のギャップの深さに言葉を失った。

「革命なんて、この世の中にどうやって起こるというんだ？」

達夫は思わずそうつぶやいたが、それに続く考えは何も浮かんでこなかった。


国会議事堂正門付近で学生のデモ隊と警官隊が衝突して女子学生一人が死亡した事件から三日後、達夫は何となく重い気分を引きずりながら兜町に行った。しかし街の雰囲気は以前とまったく変化がないようだった。

ビルの三階に上がって新聞社の入り口に行くと、開け放されたドアの内側からざわざわした物音が聞こえた。

「あら、倉田さん、来たのね、よかったわ」

不意に事務の女が顔を出して言った。

事件の翌日、達夫は赤坂あたりで市民のデモに加わって歩き、その途中で公衆電話からアルバイトを休むという簡単な連絡だけをしたのだ。その日はきっとこの人が代わりに新聞配達をしたのに違いない、と彼は思い出した。

「あ、多田さん、この間はどうもすいませんでした」

と頭を下げると、女はうれしそうな顔をしながら彼を中へ引き入れようとした。

「あんたがどうしたかと思って心配していたのよ」

そう言いながら女が入っていくと、中にいた数人の男たちが一斉に達夫の方を見た。

この部屋は新聞社の編集室で皆仕事中だから、机に向かったり何かやりかけて立っていたりと様々だった。隣の部屋に輪転機などがあって、達夫が行く時刻にはすでに新聞が刷り上がっているから機械の音はなく、静かなのだ。

「君は、国会のデモに行ったんじゃなかったのかい？」

部屋の奥の机にこちらを向いて座っていた男が立ち上がって、達夫に声をかけてきた。社長の野島だった。

「いえ、僕は、国会請願のあと、新橋までデモして行って……」

達夫が言いかけると、

「新橋？　ああそうか、君は反主流派なんだな。そうかそうか」

と社長はうなずいた。

「なるほど、主流派じゃないのか。おとなしい方なんだ」

と言う者もいて、「そうか、そうか」と何人かが言い、急に興味をそがれたように仕事に戻る様子だった。

　すると社長と同年ぐらいの男が一人、達夫に歩み寄ってきた。

「大学で主流派のデモに行く学生はどのぐらいいるの？」

　男はにこやかだったが、眼鏡の奥の目は鋭い光を帯びていた。

「半分ぐらいは、いるかも知れませんけど……」

　達夫は、友達の吉見や朝田の顔を思い浮かべながら曖昧な言い方をしたが、すぐに声を改めてこう言った。

「おとなしい方では駄目ですか？」

　皆驚いたように達夫を見たが、ただにやにやと笑ってうなずいてみせただけだった。

　先ほどの男は侮蔑するような目で達夫を見てから、ようやく口を開いた。だがそれは達夫の問いかけを無視したものだった。

「あそこまでやっても結局、安保条約は通っちゃうんだ。その見通しはなかったのかねえ。このあと学生さんはどうするんだい？」

　そう言いながらも男は答えを求める気もないらしく、背を向けて机に戻っていった。

「このあとは結局、経済政策がどうなるかだ。俺たちの関心はそこだ」

と別の男が言った。

「そうですね。株が上がるかどうか、それが問題です」

とまた別の男も言い、株の話題に飛んでいくようだった。

達夫は目を見張るような気持ちで社員たちを見回した。予想もしなかった世の現実の姿を不意に突きつけられたような気がした。彼は事務の女の目を意識しながら急いで棚から新聞の束を取って脇に抱え、三階からの階段を降りて街の辻へ出ていった。

社長が替わってから一カ月経ち、その小新聞社の社員たちが今までとは打って変わったように、勢いよく仕事をするようになったのは確かだった。達夫は、部屋の奥で社長を交え編集方針に関して激しく議論する様子を目にしたり、ひどく真剣な目をして記事を取りに行く社員の姿を何度も見た。何か大きな力と必死に闘いながら新聞作りをしているように、見えなくはなかった。彼は社員たちの心を自分なりに理解できるような気分でいた。

だが実際は、この小新聞社にとっても、よい兆候ばかりではなかったのだ。そういうことを知るからこそ、社員たちはいっそう必死に仕事に励んでいたのかも知れない。

それからさらに一カ月ほど過ぎたころ、達夫は、新聞を配達しに行った小さな証券会社で、出てきた男に急にこう言われた。

「もう、うちの会社には新聞を配達しなくていい。社長にそう言っておいてくれ」

その後、似たようなことが他でもあった。新聞が不要となればごく簡単に断られてしまうのだ。そのようにして新聞の発行部数が次第に減っていくのは、達夫にも分かった。その事実の不吉さは、事務の女が達夫とあまり無駄口を利かなくなった様子にも感じられた。

そうしてあるとき、その多田克子が達夫の顔をじっと見て、溜息混じりにこう言ったのである。

「もうこの新聞社、どうなるか分からない。きっとつぶれちゃうんだと思うのよ。あんたも考えておいた方がいいよ」

新社長が誕生して三カ月にもならないというのに、この小新聞社は丸ごと、世の荒波に激しく洗われようとしているらしい。

「どうしてこの新聞社が駄目になっちゃうんですか？」

「結局大きな会社に食われちゃうのよ。こんな小さな新聞社は」

「新聞社がつぶれたら、多田さんはどうするんですか？」

「つぶれる前に、わたしなんか首になるよ、きっと。そうしたら、どこか働くところを見つけなくちゃ、食べていけないわ」

多田克子は情けなそうに言って顔を背けた。

達夫は自分のことより、目の前にいる五十過ぎの女が哀れになった。彼女は離婚していて子供もなく、目下アパートで一人暮らしと聞いていた。

さらに一週間ほど経った日のことである。達夫が新聞の配達を終えて新聞社に戻ってくると、年輩の社員が出てきて、アルバイトを取らないことになったから辞めてもらいたいと言い、詳しい理由は説明しなかった。すぐそばにいた多田克子は、済まなそうな顔をしてちらりと達夫に目を向けただけで、何も言わなかった。

達夫は仕方なく、その場で辞めることに同意して帰ってきた。きっと多田克子が新聞配達も受け持つことになったのだろうと思ったが、それを確かめる気はしなかった。

大学はすでに夏休みに入っていた。あれほど激しく続いた「安保闘争」の学生運動が終息したあと、長い休業期を迎えた学内には何となく怠惰な静けさがあるばかりだった。

達夫が次のアルバイトを求めて大学に行くと、偶然朝田謙治と出会った。朝田もアルバイト先を決めて学食に寄ってきたところだと言い、意外なほど元気そうだった。

「明後日《あさって》から俺は板金工場の労働者だ。二カ月もだぞ。俺がどうなると思う？」

朝田はおどけて言い、笑った。朝田は学費もほとんど自分で稼がなければならないから、夏休みは目一杯働くつもりなのだ。

「俺は来週から三週間ぐらい、害虫駆除の会社で働くんだ」

達夫も自分の予定を話した。今しがた大学の窓口で選んだアルバイトだったが、朝田にそう言ったことで、気に染まぬまま決めたうじうじした気分が吹っ切れたような気がした。それは会社の倉庫やアパートなどに害虫駆除の薬剤を散布して回る仕事らしく、真夏には相当きつそうな仕事だと思ったが、日当が比較的よかったので決めたのだった。

「それは肉体労働か？」

と朝田が訊いた。

「そうだ。他に適当なのがなかったんだ」

達夫は思わずそう言った。

「肉体労働もいいぜ、君。大汗かいて何もかも忘れて働くんだ」

朝田は自分のことのように意気込んで言うのだった。

朝田は体が細くとも芯が強い、と達夫は思った。そうして、この夏は自分もしばらく肉体労働に精出すつもりでやってみよう、と改めて心に決めた。

[映画の話]

学生運動がすっかり冷えたあとの夏休みが過ぎると、大学構内にはまた学生の姿が戻ってきた。だが、例年なら十一月初めの学園祭を目指した活動が開始されるはずの時期になっても、学内は静まりかえったままに見えた。

大学側は、すでに、今年の学園祭を中止するという発表をしていた。激しかった学生運動の影響を受けて学生側の態勢も整わず、学園祭は実施不可能と断定されたのである。

文学部自治会も委員長が「雲隠れした」という噂で、通称「六角校舎」と言われる古い建物の三階にある自治会室は、もぬけの殻のような状態が続いていた。その空き室同然の自治会室に、達夫は自治会委員の松下真一や吉見誠らにも誘われてたびたび立ち寄り、そこで全学連や自治会の話題をいろいろ聞いたりもしたが、喫茶店でするような雑談に終始するのがほとんどだった。古びた自治会室の薄汚れた椅子に座って何となくけだるい気分になって、無力感に浸るのも悪くないような気がしてくるのだった。

あるとき、この自治会室に一つだけある長いすに斜めに寄りかかったままでいた海藤トシエが、ぽつりと言った。

「新聞なんかで学生同士の争いが伝えられているけど、あのときの活動家たち、今は一体どうしているのかしら……」

そう言って溜息をつき、彼女は皆を見回した。

全学連のリーダー格と思われる学生たちが人に見えぬところで争いを繰り返しているというニュースは、ときどき新聞の紙面に出ていた。皆それを頭に浮かべ、うつろな目を天井に向けるばかりだった。

居合わせた者が何も言わないので、海藤は身を起こして問うた。

「ねえ、ゲバルトって何のこと？」

「ゲバルトとは暴力のことさ。略してゲバ。なんだ、ゲバルトを知らないのか」

吉見が答えて海藤にからかうような目を向けてから、

「暴力と言うと何だか場当たり的で、どぎつい感じがする。ゲバルトの方が思想性があるように見えるのかな」

と首を傾けた。すると高森定雄がいつもに似ず重い口を開いた。

「俺の耳にしたところでは、今彼らはひどいことになっているらしいんだ……」

高森はそう言いかけて、苦しげな表情になった。皆思わず高森の顔に目を留めた。

「まったく同士討ちのようなことになっていて、表沙汰になっていないゲバもいろいろあるとかで……」

高森はそのまま口をつぐんでしまった。皆顔を曇らせ、暗い気分に支配された。

「俺は、全学連は次に、三池闘争の支援にもっと力を入れるんじゃないかと思ったがな」

と朝田が言うと、高森が顔を上げて、

「それはそうだが、しかし、三池は三池で、大変なことになりそうだ……。君、三池にいくんなら手だてはある。人を紹介してやってもいいがね」

と言ってにやりとして見せた。誰も応じる者がいないのは分かっていたのだ。

「わたしたちのやってきたことって、一体何だったのかって考えちゃうわ」

また海藤トシエが独り言のように言った。その隣で田岡幸恵がうなずいていた。

実際、学生運動は灯が消えたようになって、「全学連」は一般学生の意識からも遠ざかっていくばかりのようだ。しかも、その裏ではかつてのリーダーたちの間で内部抗争が繰り返されていたのだ。達夫は凍り付くような思いでそれら「ゲバルト」事件のニュースに接したが、なぜそんな暴力的な内部抗争がいつまでも続くのか理解できなかった。今さら主導権争いでもあるまいと思ったたし、責任追及を繰り返しているのだとすれば何のためなのか、それほどあの闘争の結末が全学連に与えた傷は深いということなのか。いろいろ考えては見ても何かひどく懸け離れたものを感じてしまうのであった。

晩秋の冷たい雨が降り続いた日、午後の授業が終わったところで達夫が六角校舎に行きかけると、その入り口で朝田謙治と一緒になった。連れだって自治会室に入ってゆくと、そこには松下と吉見の他に藤野秀男《ふじのひでお》という三年生の男がいて、三人で頭を寄せて話し込んでいるのだった。

文学部には達夫らのいる日本文学科の他に、英文学科と哲学科があり、藤野は哲学科に籍を置いていた。哲学科は学生数が少なく、人数の多い英文学科は自治会活動にはほとんど参加しない傾向があった。

「おお、ちょうどいいところへ来てくれた。今自治会の立て直しについて相談しているんだ。倉田も朝田も協力を頼むよ」

と吉見が、入ってきた二人に向かって言った。

それから松下が説明したところによると、大学側は今、これを機会に自治会つぶしを考えていて、この六角校舎の取り壊しも俎上に載っているらしい。しかし今年中に自治会を立て直せばそういうことはできないはずだ。そこで以前から自治会委員をしている上級生の藤野秀男が委員長になって組織を立て直し、自治会活動を継続する体制を作るようにしたいというのであった。

六角校舎はその呼び名の通り六角形をした三階建ての旧校舎で、数年前に八階建ての新しいビル二棟に様変わりしたH大学の敷地内において、西側の隅に残された「唯一の遺物」とも言われた。二階から上の各階にかつてのゼミナール教室が二つずつあり、それが現在は四つの文系学部の自治会室に当てられていた。この古びた校舎をこの機会に取り壊してしまおうというのは、大学側の構想としてありそうなことでもあったが、今ではこの六角校舎そのものが、学生たちの自治活動の拠点と言うべき存在になっているのだ。

藤野は照れたようににこやかだったが、

「まだ大学側との折衝をしなければならないが、これは他の三つの学部とも連携し、また英文科の協力も得て進めたいと思うんだ。そこで特に君たち二年生には、いろいろ協力したり活動したりしてもらいたいので、よろしく頼む」

と話し、その目の色に彼の熱意は十分感じられた。

松下が藤野の話にさらに付け加えて言った。

「とにかくこの六角校舎を守るというのが一つの目標になる。今藤野さんが言った活動というのは、日文科としての研究活動の一環と考えればいいので、何でもいいと思う。俺も考えていることはあるので、またあとで相談しよう」

松下と目が合うと達夫はすぐに言った。

「今の話に賛成だ。何か自分たちの活動をやろうという話を、みんなも待っていたような気がする」

達夫の横で朝田が大きくうなずいた。

達夫は、夏休みに入る前に海藤トシエと会ったときに、海藤が「わたしたちはもっと勉強しなくちゃ駄目だ」ということを言っていたのを思い出していた。それは、安保闘争に敗北して学生運動の沈静化を感じ始めたときの感想の一つとして、彼も強い共感を覚えたのだった。

藤野が他学部の自治会室に行くと言って出ていったあと、残った四人で引き続き話をした。そしてどんな活動を始めるか意見を出し合った結果、読書会という形がいちばんよいと一致して、三日後に他の友人も何人か誘ってまた集まり、何を読むか具体的に決めようということになった。

その三日後、十数人の参加者を得て話し合い、選ばれたのは、アリストテレスの『詩学』だった。世界の古典でもあり、普段あまり読む機会はなさそうな書物だが、皆で自由に読みながら文学研究の基礎に資することができるし、本自体は岩波文庫で簡単に手に入る。提案者の朝田からそういう説明もあって、最終的に皆が納得して決まったのである。

日本の古典やそれに類する作品から離れたその結論には、達夫も含めて皆予想外の感を持ったが、それはまた、自分たちの基礎力を高めること以外に、視野そのものを広げたいという新たな意欲が働いていたことも確かだった。

だがその結果によって何人かが不参加を表明して去った。

中でもリーダー格の松下真一は、自身の尊敬する教授の愛読書でもあるマルクス・エンゲルスの『ドイツイデオロギー』を、この機会にぜひ皆で読みたいと主張した。彼はかなり強くその提案に拘ったが、結局それは皆の支持を得られなかった。すると彼は、読書会が始まって間もなく出席しなくなった。理由は自治会委員の活動に専心するからというのであった。事実、その後文学部の自治会活動は他学部とも連携しつつ進められ、その結果として六角校舎は取り壊しを免れた。

高森定雄と中野泰は最初から読書会には不参加だった。他にやることがあるからというのが彼らの理由だった。

結局『詩学』読書会は十二人のメンバーで始まった。週一回開催を原則とし、場所は六角校舎の自治会室を借りた。その後も参加者に多少の出入りはあったが、翌年の二月初めまで十回ほど続いた。毎回、原文の語義や意味内容の解釈について難渋することも多かったが、互いに自由に感想を言い合い見解を述べ合いつつ読み進めるのは、それだけでおもしろくもあった。達夫も、文学について他の意見も聞きながら様々な角度から考えることの楽しさを味わうことができた。

海藤トシエと田岡幸恵はもっともきまじめな参加者といってよく、いつもきちんとノートを用意していた。そしてときどき、特に海藤が、脱線したり軽薄な議論になるのを引き戻すような真面目な質問をした。この種の催しに対して参加意欲を持つ女子学生が相対的に少ないせいもあって、二人は尊重され、大事にされた。

さて、この読書会の参加者として二回目から加わったのが、小島《こじま》有子《ゆうこ》であった。彼女はプロマイド写真から抜け出た女優のような、衆目一致の美人であった。朝田が彼女の参加を紹介した日、吉見と達夫は「朝田も隅に置けない奴だ」と嫉妬半分の陰口を利いた。吉見は教室などでときどき彼女を見かけたことがあると言ったが、達夫はまったく気付かずにいて、朝田の紹介を受けて後にようやく、二つほどの講座で彼女も一緒に受講していることを知ったのだった。

朝田に聞いたところでは、彼女の年齢は「多分俺たちより上の二十一か二」で、高森定雄より二つぐらい下らしいが、誰か教授のつてで二年生に編入したのに違いなく、家は浅草の方にあって料理屋をやっているのだ、と妙に詳しいのだった。

当然のごとく小島有子は読書会のときにいつも朝田と並んで座り、他の者にも一目置かれる存在に見えたが、その発言自体はそれほどのこともなく、むしろ大学内でのこういう様々なつきあいを楽しんでいるように見えた。

小島有子は明るい性格らしく、すでに同性の友達も何人かいるようだった。そして彼女は読書好きでもあったので、その点が達夫の関心を強めた。いつも文庫本を手にしているようで、達夫が気を付けて見ていると、それは大抵近代以降の日本の小説だった。

二月から三月と大学は入学試験の実施期間となるため、学生にとっては長い休みでもあった。この時季はまだ極寒の日の多いこともあり、アルバイトの求人も少なくて学生の活動も鈍くなりがちだ。達夫たちの読書会も休息状態に入ることになった。

やがて四月になると、三年生は「ゼミナール」が始まった。学生は自分のテーマと見合ったゼミナールを一つ選び、教授の指導を受けながら演習を重ねる形の授業である。達夫は近世文学のゼミに入ることにしたが、吉見や朝田は中世文学のゼミを選んだ。海藤と田岡は古代の平安文学を希望し、高森や中野、市村らはそれぞれ近代文学のゼミに入った。そして小島有子もやはり近代文学ゼミだった。

各自の好みや意思の方向を前面に出して選ぶゼミナールの始まりは、親しい友人同士の仲間意識とは異なり、彼ら一人一人に独立独歩の自覚を植え付けずにはおかない。達夫もそういう雰囲気を当然のこととして受け入れ、大学生活の本筋に入ったのだと思った。読書会は文庫本一冊の半分にも進まぬまま沙汰止みとなり、自ずと各自個別の活動に専心するようになった。

そうした中で入学以来獲得した友人関係をどのようにして維持するか、それが悩みの種ともなった。それで結局吉見の発案で、週に一回、皆が集まりやすい時間と場所を決めて落ち合おうということになった。集まる人数も特に限定せず、場所は六角校舎脇の芝生の上にし、大抵はそのまま純喫茶「マイアミ」に移動した。その集まりは途切れ途切れながらも卒業するまで続き、その後の長い交際の元にもなった。それは一・二年のころの学生運動の高まりの渦中に発した結びつきでもあったのだ。

小島有子はその集まりに関わることはなかったし、達夫は三年生になってからは授業で彼女と顔を合わせることもほとんどないだけに、読書会が自然消滅すると彼は何となく心残りであった。彼女と個人的に親しむ機会を持たなかったことが口惜しかった。

六月のある日、達夫は出席した講座で朝田謙治と一緒になり、そのあとで学食に誘って話をした。それとなく夏休みのアルバイトの予定など話し合ったあとで、

「ところで小島さんはどうしているのかな。このごろ顔を見ないような気がして……」

と言いかけると、朝田は、

「あの人は、授業を受けに来ること自体が少ないようだから、なかなか会う機会もないよ」

とあっさり言った。それから達夫の顔を眺めながら、こう付け加えるのだった。

「小島さんは、将来、料理屋の女将《おかみ》にでもなるつもりなんだろうから、俺たちとは違って悠々たるもんだよ」

「そうなのか。すると今は修業中というわけかな」

大して分かりもせずに達夫が言うと、朝田は、

「そんな感じだな。それでこの前、俺が小島さんの店へ行ってみてもいいかって聞いたら、彼女、来ないでって言うんだ。どうやら俺は嫌われているらしいんだよ。それで俺がわざと、将来女将さんになったら俺を下男に雇ってくれるかって言ったら、彼女、笑いながら、考えておくわ、だってさ」

と言って、ふて腐れたような顔をして見せた。達夫はそれを聞いて大笑いした。

それから何日か後のことだった。達夫が午後の「中世文学論」の講座を聞き終えて廊下に出たとき、目の先に小島有子の後ろ姿があった。達夫は声をかけながら彼女に追いついた。彼女はすぐに振り返った。

「まあ久しぶりね、倉田さん。今日はこれでお帰りなの？」

小島はそう言って達夫の顔を見た。その目を美しいと達夫は感じた。

「そうだけど……、小島さんは今の講座に出ていたの？」

意外な気がしたので彼は思わずそう尋ねた。

「そうよ、あまり真面目じゃないけど。だって卒業単位が足りなくなると困るもの……」

小島はそう答えて照れ笑いをした。達夫が呆れて黙っていると、

「帰るのなら一緒に帰りましょう。たまにはいいでしょ？」

達夫は即座にうなずいた。

そのまま二人は並んで歩き出し、階下に降りた。それから大学の前の道路を渡って、壕に沿った公園の道を歩いた。互いに、受けている講座の話やアルバイトの話をした。

「朝田からちょっと聞いたんだけど、小島さんの家は料理屋をやっているんだって？」

達夫が聞くと、小島はちょっと困ったような顔をした。

「あれは叔父の家で、わたしは今、そこから大学に通っているの」

「じゃ、その料理屋さんの手伝いもして、将来はその店の女将さんになるとかいう……」

「そんなこと何も決まっている訳じゃないわ」

と彼女は笑って否定した。

「今はお手伝いをしているだけよ。でも、夕方から夜にかけてだから、ちょっと大変なの。着物に着替えなくちゃならないし……」

「着物姿になるのか……。酒なんかも出す店でしょ？」

「そうよ、もちろん。わたしはお部屋へ運ぶだけだけど……」

「部屋があるの?」

「それはそうよ……」

達夫は、彼の知る飲み屋とは違う料理屋の様子をもっと聞いてみたい気がしたが、彼女の方はそういう話を適当に切り上げたがった。結局達夫は、彼女の働く料理屋がどこにある何という店なのかも聞きそこなった。

駅が近づくと、達夫は小島有子と二人だけになったチャンスを、逃したくないという気持ちを抑えられなくなった。彼は思い切って彼女を喫茶店「マイアミ」に誘った。

彼女が微笑んでうなずくのを見ると、彼は浮き浮きしてくるような自分を感じた。何か新しい世界が見えてくるような気分になった。

まだ午後の早い時間であるせいか、マイアミの店内は空いていて、いつも彼が仲間と寄り集まる隅の方の大きなテーブルも客はいなかった。二人は窓側の小さなテーブルに行って向かい合って座った。

「ここは二階もあるのよ。倉田さん、入ったことあるの?」

マイアミの二階は「同伴席」となっていて、ソファーのクッションもいいらしい。それは達夫も知っていた。

「いや、二階に入ったことはない。コーヒー代も高いらしいし……」

達夫は答えながら小島有子の顔に見入った。ふっくらとして温かみを感じさせる頬と形のよい赤い唇が彼の目の前にあり、年上の人だなんて忘れさせるくらい愛らしい丸い瞳が彼を見ている。自分もこういう女性と結びつくことができるのだろうかと、彼は不思議な気分だった。

「そうね、二階になんか、誰も入ったことないんじゃないかしら」

小島はおかしそうに笑った。彼女は達夫の仲間たちのことを言っているのだ、と達夫が気がつくまで数秒かかった。皆いつもコーヒー代や飲み代に金を使っているが、何でも安上がりにすることばかり考えている連中だ。小島がH大学に編入してきたからには、そういう貧乏学生がいくらでもいることをとっくに承知していても不思議はない。

それから映画の話になった。それは達夫が用意していた話題で、イタリア映画の『自転車泥棒』を見たときの感動を話し出した。すると小島は、

「そうね、イタリア映画はどれもいいわね」

と認めた上で、すぐにこう言った。

「でもわたし、アラン・ドロンが好き。ジャン・ポール・ベルモンドもよかったけど」

「ああそうだね。ベルモンドはいいと思うよ」

達夫はアラン・ドロンの映画を見たことはなかったが、ベルモンドの主演した『勝手にしやがれ』には何かしら強烈な印象を受けた覚えがあった。そこで彼はポーランド映画の『灰とダイヤモンド』のことを話したくなったが、主演男優の名がどうしても思い出せずに仕方なくこう言った。

「今度いつか、アラン・ドロンの映画でもいいけど、おもしろそうなのがこっちへ下りてきたら一緒に見に行こうよ」

とにかく小島有子を映画に誘うことができれば、達夫としては上出来だったのだが、

「こっちへ下りてくるって？」

と、小島は不思議そうな顔をして彼に訊いた。達夫は、彼女が去年四月に途中入学した存在であるにしても、映画館を知らないとは意外だと思った。

「そこの、駅の向こうにある映画館、佳作座に来るんだよ」

「えっ、あの古い映画館に来てから見るの？」

小島有子はけらけらと笑いだした。彼女は「佳作座」をすでに知っていて、それがよほど場末の汚い映画館に見えていたらしいのだ。

「朝田とか、吉見とか、みんなよくあそこへ映画を見に行くんだけどね……」

そう言う達夫の声に少し元気がなくなっていた。

「そうだったのか。わたし、アラン・ドロンの『太陽がいっぱい』は、もうロードショウで見ちゃったわ」

小島はなおもそう言って笑うのだった。しかし達夫の気落ちした表情に気づくと、

「そうね、わたしも佳作座に行ってみてもいいわ。そのうちに連れていってよ、倉田さん」

と大して気のない様子で彼女が言って、ようやく二人はマイアミを出た。

駅で小島有子と別れて電車に乗ってから、達夫は、「もうロードショウで見ちゃったわ」と言ったときの、彼女の声とその口元とを何度も思い出してみないではいられなかった。その顔は美しいと言えばその通りだが、それよりもむしろ思い上がったような嫌みがあり、そのときだけ彼女の口元の辺りが下品にさえ感じられたのだ。自分でそう感じたのにもかかわらず、彼にはそれが信じられなかったのである。

その後に長い夏休みが控えていたから、そのまま二人の関係は沙汰止みになる可能性も

あった。だがマイアミで話をしてからわずか四日後に、二人は再び会うことになった。

その日は夏休み前の最後の授業日であった。達夫が出席したのは「漢文講読」という授業で、受講する学生は二十人に満たなかった。授業を終えたのは午後の二時半で、誰にも会わなければそのまま帰るつもりで彼は階下に降りようとした。そのとき下から上がってきたのが小島有子だった。

「あら……」

彼女は達夫を認めて立ち止まり、微笑んで彼を仰ぎ見た。やや光の不足したような場所だったが、そこに浮かんだ彼女の白い顔は十分美しかった。

「このあと空いていたら、倉田さん、これからわたしにつき合ってくれないかしら？」

校舎を出たところで彼女が遠慮がちにそう言った。

小島有子は、達夫が「漢文講読」を受けているということを覚えていて、彼が教室から出てくるのを密かに待っていたのかも知れない。そう思わせるものが彼女の表情にはあったのだ。達夫は彼女に向かってすぐにうなずいた。

すると彼女は、佳作座に以前見逃していた映画が来ているから、達夫と一緒に見にいきたいと言うのだった。それがフランスのヌーベルバーグと評される監督の映画であることは、達夫も知っていた。

　それから二人は大学の前のアスファルト道を渡り、壕沿いの公園の道を右手に向かって歩き始めた。

　達夫はヌーベルバーグ映画自体への興味よりも、小島有子が彼を誘ったという事実がうれしかった。ときどき壕の方に目をやったりしながら二人並んで歩いていると、夏の日射しが彼女の顔をいっそう輝かせ、彼女の方から通ってくる風がほのかな化粧の香りを伝えていた。

「漢文講読って、わたしは興味がないんだけど、どんな先生なの？」

　と彼女が訊いた。

「古崎という年取った先生だけど、よく聞いているとなかなかおもしろいことも言っているんだ。意外にいろいろと博識なんだなあ、あの先生は」

　彼がそう答えると、彼女はくすりと笑っただけだった。

　しばらく行くと、公園の遊歩道の先に人だかりがあった。下方の道路に続く斜面を動き回る人の姿も見えて、ときどき銀紙を張った板が反射する日の光が目を射た。

「あら、映画の撮影みたいね」

と彼女が叫んだ。

二人して近づくと、まさに映画の撮影現場そのものだった。まばらに生えた木々の向こうに撮影カメラを囲む人たちの姿も見える。この公園が映画やテレビドラマの撮影に利用されることは時たまあったが、その現場に直面するのは二人とも初めてだった。

思わず立ち止まって眺めていると、すぐ近くの土手の中程のところに、出番を待つらしい男の俳優が背広姿で一人立っているのが分かった。今し方終えた撮影のせいで息を弾ませているようであった。

「あら、まあ……」

と彼女が言い、その男優がこちらを見た。そして男優はすぐに目を逸らした。

「どうぞ、お通りください」

不意に二人のすぐ目の先に白いジャンパーの男が現れ、叫んでいた。どうやら撮影の邪魔になったらしいと気付き、二人はまた遊歩道を歩き出した。

「あそこにいたのはナイスガイだったね」

と達夫が言い、二人はおかしそうに笑った。

アクション映画のヒーローを演じるその男優は、「ナイスガイ」という呼び名で宣伝され人気を得ていた。達夫も彼の映画を見たことがある。だが目の前に見た「ナイスガイ」は、優しげな顔をしたごく普通の中年男にしか見えなかった。画面であれほど悪漢相手に大活躍するたくましい男が、実際はこの程度の優男《やさ》だったとは思いもしなかった。

そのとき達夫は、ふと、去年の夏の前、学生集会やデモ行進に明け暮れしていたころの、ある感覚を思い出した。

例えばアルバイト先の小さな会社に向かって歩く途中とか、あるいはデモのない日に一人で大学から舗道を歩いて帰る途中などで感じた、ある種の憂鬱な虚しさと言おうか。卑小な現実に直面して打ちのめされそうになったこともある、あの感覚。連日の激しいデモ行進から離れたところで時折襲われた、大きな落差のある感覚であった。

自分たちの遣っていることとは何だろう。ただエネルギー燃焼の快感に酔いしれているだけなのではないか。何か大きな理想を求め、現実変革の夢を追い続けるのはよいとしても、その時その時の感情の高まりに心を奪われて、容易には動きがたい現実を忘れてしまっているのではないか。気がついたときには元の木阿弥で、より小さな自分を思い知るだけのことではなかったのか。

あの政治闘争に明け暮れた激しい時間の中で、何度そのような現実感覚に襲われ、虚しさに苛まれたことだろう。

「小島さんは去年、デモばかり続いていたとき、ほとんど姿を見かけなかったけど、何をやっていたの？」

達夫は彼女の表情に注意しながら、それとなく訊いてみた。そう訊かずにはいられない気がしてもいたのだ。

「もっぱらお仕事よ。だって、デモなんか馬鹿らしくて……」

と言いかけて彼女は顔を赤らめ、言い直した。

「みんな毎日デモに一生懸命なのは知っていたけど、わたしは、とてもそんな柄じゃないから……」

「柄なんて、関係ないよ」

達夫は思わずそう言い張った。

「そうかしら。でも、ようやく大学が静かになってよかったじゃないの。倉田さんだってこの方がいいでしょう？」

そう言う小島有子の顔に、媚びてくるようなものを感じて達夫は黙った。

映画館に入ると、何カ所か扇風機が回っているだけの、何かの匂いにむせかえるような空気だった。後方の空いた席に二人並んで座り、剥き出しの腕が始終触れ合うのを感じたし、彼の鼻先を化粧の甘い匂いが漂っていた。ふと、その甘い匂いが彼女と自分を繋ごうとするのだろうかと思った。

だが達夫は彼女の手を握ったりはしなかった。彼女が誘っているように思われて、迷ったが、何かが彼の意志を押さえているかのようだった。

映画はフランスのヌーベルバーグの作品で、都市の若者たちの恋愛をひどくリアルなタッチで描いていたが、大胆なセックス場面もあり、その中には街の若者が数人で若い女に獣姦を強いる場面もあった。人間は所詮動物なのだと言いたいのだろうという気がした。

映画館を出ると、小島有子はいらいらしたような、少し不機嫌な顔をしていた。

達夫は、正直なところ、彼女と一緒にこんな映画を見なければよかったのにと思った。

街にはすでに夕闇の靄がかかっていた。達夫の目の先に「純喫茶マイアミ」の黄色の大きなネオンが輝いていたが、彼は彼女を喫茶店に誘うことを躊躇した。

そのとき小島有子は、二年ほど前にフランスに旅行したとき、この映画に出てきたようなパリのマンションを見たことがあるという話をした。達夫にはそれが、映画を見たいと言った彼女の言い訳のように聞こえた。

言葉が途切れたとき、二人は駅の前に来ていた。

「わたし、今日はこれから帰って、お仕事があるのよ」

と彼女が言った。

「ああ、アルバイトがあるのか」

と達夫が言った。

そして彼は、小島有子が必ず「お仕事」という言い方をすることに改めて気が付いた。料理屋の女将になる可能性があるという彼女には、達夫の理解しがたい部分があるのかも知れなかった。

二人はそのまま黙って駅のホームまで行き、それからあっさり別れた。別れ際に小島有子は達夫を見て微かに笑った。それは彼を軽蔑したような妙な笑いだった。

そして長い夏休みがあり、二人の間柄に関しては適当な冷却期間となったようだった。

その後小島有子は大学でたまに彼と顔を合わせると、以前同様に晴れやかな笑顔で彼に会釈した。だがそれ以上のことは何も起こらなくなった。達夫にとってそれはやはり少し寂しいことだったが、時間が経つに従って、それでよかったのだと思うようになった。

［卒業］

大学三年目の年は、小島有子との関わりを別にすれば、達大にとってそれなりに充実した時間の連続だった。達夫は近世文学ゼミナールでの学習活動に力を入れつつ、その傍ら文学部の自治会室に出入りして、松下真一らを中心にした自治会活動にも積極的に関わった。

上級生の藤野秀男から自治会委員長役を引き継いだ松下は、早くから「日本文学ゼミナール大会」と称する学生同志の研究発表大会を構想していた。他大学の参加も得て大学祭期間中に実施しようという案もあり、その年の春から準備にかかっていたのだ。だが、安保闘争を中心にした学生運動の副産物といえそうな面もあり、顧問教師や会場、予算の面などで大学側も簡単には了解しないらしい。しかし、どんな形にしろ実施に漕ぎ着けて来年以降に引き継いでいきたいというのが、松下や吉見ら自治会委員の考えであった。

達夫や朝田も自治会の活動に協力する立場で、ゼミナール大会の下準備のために他大学に出張して話し合ったり、自治会室で大会テーマを議論したりした。達夫はそういう活動自体が興味深くもあり、それなりの充実感を持って活動し続けた。

だが積極的に参加しようとする大学は少なく、結局「日本文学ゼミナール大会」の開催は見送らなければならなかった。達夫たちは他大学の協力や参加を得ることの難しさを知り、加えて、大会のテーマさえも十分にアピールするものを決められなかった悲哀を味わった。

こうして、安保闘争沈静化の空気の中で敢えて取り組もうとした催しは、自治会の気負いばかりが先に立ったという反省点だけを残す結果となった。

「意気込みはよかったと思うんだが、俺たちはまだまだ力不足だったんだな」

大学祭終了後に漏らした松下の言葉に、自治会室に居合わせた者が皆うなずく始末で、「来年はやっぱり講演会にしようか」という溜息混じりの話が出たりもしたのだ。

翌年になると、学生は大学最後の締めくくりとして、いよいよ各自の卒業論文に取り組む時期を迎えることになった。四年生としては就職活動にも気を抜くことはできない時期でもあった。

文学部の学生たるもの、「卒業論文」と聞けば言われなくとも力が入る。達夫も、ゼミナールで教授の指導を受けながら、夏のうちに論文のテーマを決め、執筆の準備に取りかかった。十二月までには論文を完成させるべく、気力を集中する覚悟であった。

そうした中で朝田謙治は何事か考え込み始めて、次第に大学に出てくる日が少なくなった。九月になってから達夫は久しぶりに彼と会ったが、そのときに朝田は、夏休みに去年と同じく板金工場の長期アルバイトに励んだと言い、その油焼けしたようなどす黒い顔に達夫は驚かされた。

達夫も酒類の卸問屋で二週間ほど肉体労働をしたので、

「炎天下で毎日トラックの荷台に乗っていって、酒やビールのケースを担いでは積んだり降ろしたりする仕事をやった。それで俺は初めて、汗水垂らした労働のあとで飲むビールの味を知ったような気がする」

と、感動の面持ちで語った。すると朝田も、

「俺も二カ月間、工員をやり通した。汗まみれになって働く工員たちっていうのは、とにかくよくビールを飲むんだ。ところがそれ以外に焼酎も飲む。俺も大分つき合わされて、おかげで焼酎の飲み方を覚えたよ」

と言うのだった。

それでその日は居合わせた仲間と夕刻にまた待ち合わせ、なじみの居酒屋にビールを飲みに行った。達夫は朝田が元気を失っていないのを知って気持ちが軽くなり、いつになく飲んで騒いだ。居酒屋でいったん解散して後、吉見誠が朝田と達夫を誘うので、三人だけでもう一軒、小さな飲み屋に入った。

朝田の希望も入れて焼酎のお湯割りを注文した。それは達夫にしてみれば初めての、舌を刺すような酒の味であったが、その刺激が妙に心地よい気がした。

朝田は、吉見と達夫の顔を交互に眺めたあとで、やおら思い詰めたような顔をしてこう言った。

「俺は小説を書く……。それしかない。とにかく書いてみたいんだ」

朝田の顔は、今までになく落ち着いているようにも見えた。彼は、高校時代の同級生である恋人と先日その話をしたのだとも、うち明けた。

「君も、やはり本物の恋人を見つけろよ。人生がまったく違って見えてくる」

朝田は達夫に向かってそんなことも言うのだった。

以前、達夫が小島有子と二人で佳作座に行った話をしたとき、朝田も吉見も達夫を揶揄して笑ったが、それ以来達夫は朝田と同様に、小島有子の恋人としては失格者だということになっていた。

「恋人なんて、なかなか思うようにはいかないもんだぜ」

手にした焼酎のコップを見つめながら吉見が溜息混じりに言い、さらに、

「最初は偶然のチャンスが案外重要だと思うが、それをキャッチできるかどうかだ。ただのつきあいなら別として、それから先をどう価値付けられるかが問題だな……」

吉見は達夫に忠告でもするように言ったが、それは謎のようにも聞こえ、達夫は意味も分からずにただうなずくだけだった。

吉見は去年の秋以来、学生運動が沈静化する状況の中で田岡幸恵とかなりの仲にまで進んでいったのだ。だが、田岡の親元が婿取りを望んでいると分かり、吉見の気持ちが田岡から離れていった。それは失恋したといってもよい状況だったが、吉見自身はそれほど参っているようでもなかった。吉見は冷静に先を見て判断したのだろう、と達夫は思った。

「俺はやっぱり、卒業したら福島に帰って、新聞の記者をやるんだ」

吉見が言い、それから達夫を振り返った。

「倉田はどうする？　やっぱり東京にいるんだろう？」

「うん……。一応教員試験を受けたからね、その結果にもよるんだが……」

達夫の志望はまだ未確定だった。教員試験は父親に勧められていることで、彼自身も異論はなかったが、八月末に受けた教員試験の結果が不合格となった場合のことを思うと、そのあと他の会社の入社試験を受けるべきか否かを決めかねていて、気が重かった。

吉見が新聞記者になるというのは常々自分で言っていたことで、故郷に帰って地方新聞の記者になると決めたところが吉見らしくていい、と達夫は思った。達夫自身はいずれにしろ東京にいて、小さな出版社でも何でも就職をして、そこで何かが始まればいいのだといささか投げやりな考えも浮かんだりするのだった。


秋が深まるにつれ、卒業論文を仕上げる時期が迫った。達夫は十月にようやく教員試験合格の知らせを受けたので、一心不乱に卒論に取り組む気構えで毎日を過ごした。

達夫が大学の図書館に用があって出ていった日は、十二月初めのひどく寒い日だった。彼が地下の学食で遅い昼飯を取っていると、入り口の方から聞き覚えのある笑い声が響いてきた。見ると市村孝夫で、その後ろに吉見の顔が見えた。

「やあ倉田か。今日は知ってるのが誰も来ていないんだよなあ。ようやく、そこで吉見に会ったんだよ」

市村が言いながら達夫の前に来て、無遠慮な音を立ててスチール製の椅子を引いて座った。手にコカコーラの瓶を持っていた。

吉見が定食の盆を抱えてきて、

「なんだ、君一人か。俺も今日は教授に会って話をして、ようやく昼飯だ」

と、達夫と並んで腰を下ろした。

「おい倉田、市村は今日、もう論文を提出したそうだぞ。君はちっとは進んだかい？」

「えっ、もう提出か」

達夫は驚いた。

市村は、相変わらずスポーツマンのような晴れやかな笑顔を見せてうなずいた。彼は就職先もすでに大手の運送会社に決まっていた。

「俺はやっと半分書いただけだというのに……」

と吉見が嘆いた。達夫も論文の山場のところで四苦八苦している最中だった。

市村はコカコーラを飲み終えると立ち上がり、

「さあ、これで卒業も決まりだ」

と言って向こうへ行きかけた。その背中に向けて吉見が、

「君、大会社の社員になってからも、『インターナショナル賛歌』を忘れずに歌ってくれよなあ」

と意地悪く念を押すように言った。

「おーっ」

市村は右手を振り上げて大きな声で答え、振り返りもせずに大股で歩いていってしまった。

吉見と二人になると、自ずと仲間の卒論執筆状況の噂話になった。高森定雄は書き出せば一週間で仕上げると豪語していたが、年の暮れを控えて印刷屋の仕事が忙しくなり、自分の執筆がままならぬらしい。朝田謙治は書き始めたには違いないが、一月初めの最終期限に間に合うかどうか、本人は自信がないようだ。松下真一は居所が不明で、もしかすると篠田君枝とどこかに籠もって懸命に書いているのかも……。

「ところで、海藤さんはどうしているのかな。君は知らないかい?」

吉見はそう言って達夫の顔をのぞき込んだ。

「そう言えば、海藤さんとはしばらく話らしい話もしていない」

この秋以降、達夫は海藤トシエと会えなかったわけではないが、ほとんど話をした記憶がない。卒論や就職のことに気を取られていたせいだと言えなくもないが。

吉見は少しがっかりしたような表情を見せてから、こう言った。

「ついこの間、海藤さんから聞いたんだが、彼女は卒業したら茨城の家に帰って、間もなく結婚するかも知れないそうだ。親の希望だそうだけど、相手はいい人だとも言っていた」

「もう決まっているのか、そんなことが……」

達夫は呆気に取られたようだった。

「この前の夏休みに、彼女は見合いのようなことをさせられたらしいぜ、君」

吉見はそう言ってから、笑いながら達夫の肩を軽くたたいた。

「そんな顔をして君は、一体何をやっていたんだ。しっかりしてくれよ、倉田」

「いや、別に……」

と達夫は言いかけたが、吉見に見透かされたようなことを言われて、彼自身思いがけないショックを内心に感じていた。

大学の事務室に用事があるという吉見と別れたあとで、達夫は改めて海藤トシエのことを思い起こした。彼女の顔が胸に浮かび、それは急速に鮮明な像になった。

海藤トシエは小島有子のように化粧もせず、いつも素顔のままだ。髪はおかっぱ頭とそう変わらないようなあっさりとした髪型で、服装も概して地味であった。朝田などに言わせると「田舎っぽい」のだそうで、達夫も何となくそう思い込んでいたが、そういう彼女に対して好感を持っていたことも間違いない。そうして四年間の大学生活の中で彼女も確実に少しずつ変わっていったはずなのだ。

達夫は、できたら海藤トシエと会って話してみたいと思った。しかしすでにその機を失っているのかも知れなかった。先刻の吉見はそれを指摘したのだろう。

十日ほど経った日の午後、達夫はまた大学に出かけて行ってゼミナールの仲間とも会った。だが大学構内で海藤トシエの姿を見かけることはなかった。彼は論文の仕上げのために時間が惜しかったので、気分を整えると早々に帰宅することにした。

校門を出てアスファルト道路を渡り、向かいの土手にあがって、細長く続く公園の道を歩いて駅に向かった。裸の楓の細い枝先が、静かな壕の眺めを背景にして午後の日に光っていた。

前方からやって来た人影の不意に立ち止まる気配があった。達夫が前を見ると、そこに海藤トシエが立ってこちらを見ていた。

「やあ……」

と声をかけながら達夫は近づいていった。

「こんなところで会うとは思わなかった。なんだか、しばらく振りだね」

「本当ね、しばらく会わなかったみたいね」

そう言ってから海藤はいぶかしげな顔をした。

「倉田さんは、もう卒論は済んだの？」

「いや、とんでもない。まだ四苦八苦しているよ。おれはどうやら年を越しそうだ。今日はゼミナールの仲間と会ったりして、気分転換に来たみたいなものさ」

そう言いながら達夫は、自分が妙に饒舌であるような気がした。

「やっぱりね。わたしの予想通りだわ。倉田さんなんかは取り組み方が違うもの」

「それほどのことはないよ。海藤さんはどうなの？」

「わたしは今出しに行くところよ」

彼女はあっさり言って、彼の顔を見た。布製の大きな手提げを持っているのが達夫の目を引いた。

「そうか、それは驚いたな。君がそんなに早く仕上げるとはね……」

達夫は正直に言った。

実際、生真面目な海藤がそんなに早く卒論を提出してしまうとは意外だった。彼女が予期に反した方向に進みつつあるのを、彼は感じないわけにいかなかった。

「二、三日のうちに、わたし、茨城に帰るわ。冬休みの間、倉田さんは頑張るのね」

早口で言って、海藤は彼に笑顔を向けた。その明るい表情に、達夫は内心でうろたえそうな自分を意識した。

そのとき不意に、そういえば海藤トシエが彼のことを、「倉田くん」からさん付けの呼び方をするようになったのはいつからのことだろう、と達夫は思った。ゼミナールの始まった三年生以後のことに違いないと思いつつ、同時に彼は、そんなことに今ごろ気付いて慌ててる自分の愚かさを知らねばならないのだった。

「頑張るよ、最後だからね」

一呼吸おいて達夫が言った。そう言ったとき、彼の中で曖昧なものが消え去り、心が決まった感じがした。

「もうじき卒業だね……」

達夫が言った。彼女が小さくうなずいた。

一瞬、大学四年間のことが、それこそ走馬燈のように頭の中をよぎるのを感じた。叫声と怒号に包まれた日々、汗と埃にまみれたデモ行進、それらが終わったあとの静けさの中で何かを見つけだそうとしてもがき続けた日々。それが達夫の大学生活だった。そういう中で彼は、いつの間にか海藤トシエの姿を見失っていたのかも知れない。

ほとんど同時に、二人は顔を背けて壕の眺めに目をやった。

楓の梢を微かにならして冬の冷たい風が通りすぎていった。

「では、わたし、卒論を出しにいくので……」

海藤の顔が急にこわばってくるのが分かった。

「そうだね、それじゃあ……」

彼女の顔を見つめて達夫が言った。

それから互いに軽く会釈して、彼女が彼の横を抜け、足早に去っていった。

今日の卒業論文受付は午後三時までだから、その時刻が迫っているのは確かだった。提出を終えて戻ってくる彼女を待ち受けることは可能であったが、達夫はそれをしなかった。

茨城に帰る海藤トシエには新たな生活が待っているのだろう。達夫が大学生活を終えた先には、東京のはずれの町で一教師として暮らす生活があるはずだ。そういうことを、大学での思い出と併せて語り合うこともないままに、二人が別れてしまうとしたら寂しいことだ。しかし、達夫にはそれが自然な成り行きになりそうな気がした。

卒論を終えたら彼女に手紙を書こうかと思いかけていたが、達夫は、公園の道を抜け出たところに、それはやはり止めようと心に決めていた。そんな手紙を書こうとする未練がましい自分が嫌だった。

木枯らしを思わせる冷たい風に、彼は胸元をかき合わせて歩いた。駅前の雑踏を通り抜けて駅のホームを目指していきながらも、乾いた風が胸の奥まで吹き込んでくるようだった。彼はそれを感じつつ、なおさら力を込めて足を速めた。

（了）

あとがき

ここに集めた三編の小説は、いずれも自伝的な内容のものであるが、それらは同時に敗戦後の日本社会の姿や動きを、一面的かも知れないが映し出してもいると思う。

「スナック・ファンタジー」は、昭和十年代半ばに生まれて後に「安保世代」とも称された私たち世代の姿を、人生の終末期に至った現在においてスケッチふうに描いたものといってもよい。戦後の貧しさの中で育ち、自立するとともに経済発展の時代を体感しつつ、バブル期の荒波の中を懸命に生き抜いてきた者にとって、情報社会と言われる今の時代は先の見通しがつかず、未来は想像を絶する社会のようでもある。良きも悪しきもとり混ぜて過去となってしまった私たち世代の活力に満ちた社会を、今はただ懐かしみ、あるいはいとおしむしかないのか。

この作を書いたのが数年前のことで、これを書いたことによって私は、それ以前に書いて小さな同人誌に発表したまま埋もれていた「振り返れば銀杏並木」と「揺れる心の物語」（後に「雄々しき時の流れの中で」と改題して書き直した）の二作を思い出し、一冊の本にすることを考えたのである。前者は私の高校時代（昭和三十年代前半）、後者は大学時代（同後半）のことを書いたものだ。これらのころのことは、ぜひとも後世の人にも伝えたいという思いが私にはある。

そういう私自身の立場でいえば、人生において重要な問題は大きく分けて三つある。それは第一に、太平洋戦争における敗戦とその後の我が国のあり方の問題、第二に、私の学生時代を支配し世を揺り動かしたいわゆる「安保闘争」の問題、そして第三に、私自身の両親の生き方を巡る問題である。この第三の問題の中には私自身の離婚と再婚が絡んでもいる。私はこれらの問題を意識しながら小説のテーマを設定し、構想を練って懸命に書いてきた。どのような事実があったか、それはどのような真実性を持つか、それらをどのようにして世間の人々に向けて伝える（表現する）べきか。書き手としての私は、そういうことを課題にして書き続けてきたと思う。それがどれほどの効果を生んだか、またどれほどの評価を得たかとなると、未だに我が身の不甲斐なさを思うばかりであるのだが。

人の世に生まれ、人の世に強く関心を持つ限り、私にとって書くべきことはまだある。

今後生きうる時間は少ないだろうが、可能な限りその意欲を失わないようにしたいと思う。

それにしてもこのような私にとって、拙い作品を発表する機会と、それを読む多くの方々が得られたことは、まことにありがたいことであった。出版社の方々も含めてすべての方々に対し、ここに伏して感謝申し上げたい。

令和元年八月十一日　　佐山啓郎

【著者紹介】

佐山 啓郎（さやま けいろう）

1939年（昭和14年）東京生まれ。1963年法政大学文学部日本文学科卒業。2000年3月東京都立高等学校教員を定年退職。以後創作活動に入る。

著書に、「地の底の声を聞け」（2003年）、「甦る影」（2005年）、「芽吹きの季節」「母の荒野」「ほのかなる星々のごとく」（以上2008年）、「紗江子の再婚」（2010年）、「赤い花と青い森の島で」（2011年）、「遠い闇からの声」（2016年）、「花のように炎のように」（2017年）、「幻想家族」（2018年）、「母の笑顔　母の他界」（2019年）。いずれも文芸社より刊行。

スナック・ファンタジー

2019年11月16日　第1刷発行

著　者 ── 佐山《さやま》 啓郎《けいろう》

発行者 ── 佐藤　聡

発行所 ── 株式会社 郁朋社《いくほうしゃ》

〒101-0061　東京都千代田区神田三崎町2-20-4
電　話　03（3234）8923（代表）
ＦＡＸ　03（3234）3948
振　替　00160-5-100328

印刷・製本 ── 日本ハイコム株式会社

落丁、乱丁本はお取り替え致します。

郁朋社ホームページアドレス　http://www.ikuhousha.com
この本に関するご意見・ご感想をメールでお寄せいただく際は、
comment@ikuhousha.com　までお願い致します。

ISBN978-4-87302-710-4 C0093